El último danzón de Carlito Villalonga y otros cuentos

WTE

Whispering Tree Español

El último danzón de Carlito Villalonga y otros cuentos

Ernesto Lozada-Uzuriaga

Whispering Tree Español

Publicado en el Reino Unido, 2015
Distribución e impresión mundial: Lightning Source

Whispering Tree Español es parte de Whispering Tree
Original Books
www.whisperingtreeoriginalbook.com

ISBN 978-0-9927363-8-5

WHISPERING TREE

El último danzón de Carlito Villalonga y otros cuentos

Por toda una vida: mamá, Glo, Patty y Becky

Not all those who wander are lost.
J. R. R. Tolkien

No matter where you are, always
a bit on your own, always an outsider.
Banana Yoshimoto

Solo le pido a Dios
que el futuro no me sea indiferente.
Desahuciado está el que tiene que marchar
a vivir una cultura diferente.
León Gieco

CACHASCÁN

Hoy es el día. Marcado con un gran círculo rojo en mi calendario oficial: «lucha libre mexicana». Es el tercer jueves del mes y tiene la foto del Hijo del Santo.

Los días previos de los meses previos los fui tachando con una equis negra; ciento setenta en total. Las equis en el calendario son homenaje a mi paciencia estoica, saldando días, semanas y meses, esperando. Por fin, llegó el día esperado. Un día tan especial, marcado con un círculo rojo. ¡Hoy es el día!

En mi vida, días como estos son una rareza. No exagero si digo que hoy día es uno de los días más felices de mi vida. No miento si digo que, hoy día, mi sueño de niñez se hará realidad. ¡Hoy es el día!

Leo la notificación que me llegó hace unas semanas; la leo y releo una y otra vez. La leo con la misma emoción y atención, como si fuera mi entrada al cielo. En cierta manera lo es. Sí, es mi entrada al «cielo». Mi entrada a la felicidad.

LUCHA LIBRE MEXICANA
Referencia n. ° 171756-B
20 junio de 2010

> *Señor Pablo Cardoza:*
>
> *Debido a fallas en nuestro sistema computarizado, no hemos podido enviarle su tique de entrada por correo, como estaba estipulado en las condiciones cuando lo compró.*
>
> *Lamentamos mucho el inconveniente. Su entrada estará disponible en la taquilla del teatro el mismo día del evento a partir del mediodía.*
>
> *Por favor, lleve esta notificación y un documento de identidad.*
>
> *Sinceramente,*
>
> *La administración*

Doblo la notificación con el cuidado que se merece, como si fuera el boleto ganador de la lotería. La pongo en mi bolsillo. Sorbo mi último trago de café y vuelvo a mi rutina.

El aire acondicionado me da la bienvenida y el olor de la tinta invade lentamente mis pulmones. El ruido de las fotocopiadoras asalta mis oídos a la vez que mis ojos son embestidos por el desorden de este lugar: resmas de papel abiertas a la mala y dejados a su suerte; cajas vacías, desparramadas por todos lados. Basureros rebalsando desperdicios que nadie se molestó en poner en el reciclaje. Nada de esto me quita la alegría. Hoy me siento positivo porque la risa ha reemplazado a mi usual malagana. Soy pura sonrisa. Sonrío a los clientes, a mis compañeros, al jefe mientras hago mi trabajo, al desorden que inventa desorden, al reloj que marca las horas y me dice que el momento llega, el momento de… ¡caaaaachascááááánnnnn! Qué alegría me da repetir este peruanismo que los gringos nos regalaron. ¡Caaaaachascááááánnnnn!

Nunca pensé que este día llegaría, mucho menos viviendo en Londres. ¿Lucha libre mexicana en Londres? Quién se lo iba a imaginar. Pero así es, la globalización de los gustos y la inmigración hacen posible que la lucha libre mexicana viaje a otros lares, encuentre nuevos mercados, nuevos aficionados, más plata, más fama, más lucha libre. ¡Sonrío y soy feliz!

—¿Pablo, puedes quedarte para hacer sobretiempo? —me pregunta Charlie, el mánager de Print-Express, interrumpiendo mi bamboleo mental. Mi respuesta es inmediata.

—No puedo, jefe. Lo siento mucho.

Por favor, Pablo, tenemos un montón de trabajo con los *deadline* —insiste Charlie con angustia en su voz.

—Me gustaría ayudarlo, jefe, pero hoy no puedo quedarme. Lo siento mucho.

—Mira, te pago el doble por el sobretiempo y te

incluyo el *fish and chips*.

La tentación es grande. El dinero extra me vendría muy bien para pagar mi próximo trimestre en el instituto. Pretendo que considero la oferta, solo por respeto; la verdad es que no hay nada que considerar.

—Me gustaría mucho ayudarlo, pero lamentablemente hoy no puedo.

Charlie mira al suelo y mueve la cabeza con frustración.

—Ok, ni modo entonces. Tendré que pedirle a Miranda y Nick que se queden a ayudarme.

Miranda y Nick nunca se quedan a hacer sobretiempo. Su tiempo libre es su tesoro, es más importante que el dinero extra. «Prioridades», dicen. Esa es siempre su excusa.

—Pablo, antes de que te vayas, por favor, me traes unas diez cajas de papel blanco del depósito y las pones al costado de la fotocopiadora de color.

—Muy bien, jefe.

—Gracias.

Hace siete meses que estoy trabajando en Print-Express, una tienda de fotocopiado en la esquina de Bernard Street y Herbrand Street, número 6, muy cerquita de la estación del metro. El trabajo es manual, repetitivo y a veces muy estresante, sobre todo cuando se tiene que cumplir con la fecha de entrega de algún cliente importante. A veces trabajamos toda la noche, y en algunas ocasiones el jefe contrata temporales para que ayuden. Así es como llegué a este trabajo, como un temporal. Solo mirando aprendí cómo operar las fotocopiadoras, mirando nomás y practicando cuando nadie me veía. Así descubrí sus secretos y mañas. Charlie se dio cuenta de que Nick me dejaba solo operando las máquinas y, aunque iba contra la política de la empresa, no dijo nada. Cuando un día Nick cayó enfermo, Charlie me llamó para que le ayudara por unos días. Lo hice tan bien que me ofreció el puesto permanentemente.

Este trabajo es solo temporal, necesario para ir pagando mis deudas y vicios, que no son muchos, comprar la última versión de Apple que necesito, y también para ayudarme a pagar el curso de animación que estoy tomando en las noches, dos veces por semana, en el Goldsmiths College.

—Dice Charlie que no te puedes quedar a hacer sobretiempo —me comenta Miranda, una australiana muy simpática que empezó a trabajar como temporal hace tres semanas. Aunque ella siempre está de buen humor, en su voz noto mala gana y reproche.

—Es verdad, no puedo.

—Es una pena. Trabajar solo con Charlie y Nick será superaburrido.

—No te preocupes, cuando hay mucho trabajo las horas se pasan volando, y sin que te des cuenta, ya terminaste—. Miranda no parece muy convencida con mi explicación, y lo expresa moviendo las cejas.

—Joder, tenía planes para esta noche.

Miranda siempre tiene planes, pero esta noche tendrá que cancelarlos.

—Y tú, ¿qué planes tienes? ¿Tienes *college* esta noche?

—No. Tengo una entrada para la lucha libre mexicana.

—¿Lucha qué?

Cómo explicarle a esta australiana qué cosa es la lucha libre. Dudo que Miranda pueda entender el significado real del cachascán; pero, como hoy estoy feliz y sonrío al mundo, igual hago el esfuerzo y trato de explicarle.

—Mira, la lucha libre es…

La australiana no espera a que elabore; con los modales de un canguro inicuo salta sobre mis palabras con atropello, interrumpiéndome, cortándome en medio de lo que digo.

—Ah, sí, claro, lucha libre, esos tíos regordetes en mallas bien ajustadas, calzoncillos de colores y máscaras de mal gusto. Sí, claro que sé qué es la lucha libre. Cuando estuve en México vi los pósteres por toda la cuidad anunciado las peleas.

—¿Y fuiste?

—¿Adónde?

—¡A verlos! Cuando estuviese en México, ¿fuiste a ver la lucha libre?

—¡Por supuesto que no! ¿Qué te crees? No gastaría ni un peso en ver esa pantomima de mal gusto. Mejor dicho, ¡ni gratis iría a ver esa tontería! Es una pérdida de tiempo y dinero. Ese tipo de circo popular embrutece al pueblo. Lo detesto. Además, estoy contra la violencia física. Ver dos tipos que se castigan para entretener al pueblo es degradante, como el coliseo romano, totalmente cruel.

Su diatriba cortó duro y profundo. Y, para añadir sal a la herida, agregó:

—Nunca te imaginé como un tipo al que le gustara ese tipo de payasadas que celebran la violencia.

—No son payasadas, mira…

—Miranda, ¿puedes traerme una resma de papel amarillo, por favor? —grita Charlie desde su oficina.

—Yaaaaaaaa —bramó la oveja *aussie*. Miranda cogió la resma de papel, me miró de pies a cabeza y, con sarcasmo y risita burlona, dijo—: Diviértete, luchador.

Sus palabras sonaron condescendientes, llenas de prejuicios e ignorancia. Sus opiniones dogmáticas e impertinentes me fastidiaron, cuajaron mi alegría, borraron la sonrisa de mi rostro. Me sentí agraviado y ofendido por lo que dijo. Pero aún más me molestó que sus palabras me fastidiaran tanto. ¿Por qué me afectaban tanto sus palabras? En realidad no lo sé, pero me dio cólera que su burla tuviera tanto efecto en mi ánimo. Es solo su opinión. ¿Por qué me hago problemas? Traté de apaciguarme, pero el daño ya estaba hecho. La sarta de agravios que soltó Miranda contra la lucha libre me hizo sentir mal. Nunca en mi vida había dudado de que la lucha libre no fuera algo noble, un ritual milenario, la lucha entre el bien y el mal donde los buenos le sacan la mugre a los malos y el pueblo que nunca ve justicia encuentra su revancha social. El cachascán es más que un deporte, es una catarsis social, es parte de nuestra identidad, un patrimonio cultural del pueblo, de los pobres. Quizá me engaño. Quizá vivo negando lo que es obvio. Quizá Miranda tenga razón. La australiana de lengua floja dejó muchas dudas sembradas en mi cabeza. Quizá todos estos años me he negado en aceptar la verdad: que el cachascán es solo una pantomima, como lo llama ella. Un espectáculo absurdo que alimenta las bajas pasiones y los instintos primitivos de las masas embrutecidas, hambrientas de crueldad y violencia. Quizá porque tengo una vida monótona e inconclusa, que no va a ninguna parte y no tiene ningún mérito, el cachascán me da algo de significado, un escape a esta vida tan jodida. Quizá Miranda tenga razón. Quizá ha llegado el momento de decir adiós a esta fantasía a la cual me aferro como si fuera un amuleto mágico. Esta quimera que me ayuda a pasar la vida sin tener que afrontar un pasado que no quiero recordar. Un presente que no tiene mucho sentido y un futuro totalmente incierto. Quizá ha llegado el momento de crecer, madurar y ser un adulto, como todos los demás. Tal vez haya llegado el momento de aceptar mis responsabilidades, de aceptar la vida por lo que es, y no por lo que me gustaría que fuera. Quizá Miranda tenga razón.

Moví las diez cajas de papel blanco y las puse en el lugar donde me dijo Charlie. Marqué la tarjeta y salí de la tienda sin decir adiós. La felicidad que tuve hacía unas horas se había esfumado con cada palabra que Miranda dijo. Caminé los pocos metros de la tienda a la estación del metro de Rusell Square, que está en la línea Picadilly. Tomé el metro hacia King's Cross y de allí cambié a la línea Victoria con destino a Euston. Luego hice trasbordo a la línea Northen, rumbo a Chalk Farm. Sentado en el metro me volví a torturar con el discurso de Miranda. Recordé el tono sarcástico de su voz, el reproche asolapado y burlón de sus palabras: «Diviértete, luchador». La crueldad de sus comentarios chasqueros era como un cuchillo invisible que entraba y salía de mis entrañas. Me lo dejó bien claro. Uno tiene que ser idiota o ignorante para gustarle semejante bodrio de musculosos repletos de esteroides vestidos con capas de satén, como si fueran superhéroes, con nombres extravagantes y fachosos, y que esconden su identidad con máscaras ostentosas de grescas ridículas. El cachascán no está a su altura. Como dice ella misma, es una «payasada» sin payasos.

Las estaciones del metro se van sucediendo una tras otra. La voz mecánica e impersonal las va nombrando. Morning Crecent. Gente apurada baja y sube. Rostros neutrales y anónimos, ensimismados en sus propios dilemas, evitan a los otros pasajeros con la excusa de un libro, el periódico, el iPod o el celular. Me pregunto qué pensarán ellos de la lucha libre. ¿Compartirán la opinión de Miranda o la mía? ¡Opinión! Lo de Miranda es solo una opinión. Una opinión entre muchas. La cháchara de Miranda en mi cabeza es solo una opinión, su opinión. Es posible que su opinión esté basada en su antropocentrismo cultural. Es posible que Miranda juzgue el cachascán con sus prejuicios, con su elitismo de clase, con sus clichés de liberal esnobista. Porque lee *The Guardian,* la *aussie* ya se cree una intelectual de suburbio, y así va vociferando opiniones que nadie le pide, pasando juicios sin saber ni entender, simplemente porque cree que su opinión es la verdad. La pobre australiana no entiende qué es el cachascán y jamás en su vida podrá entender la diferencia entre los técnicos y los rudos, el honor de la máscara, el significado del mano a mano, del todos contra todos, máscara contra máscara, pelo contra máscara. La pobre muchacha habla porque tiene boca, y hablar es gratis. La gente se burla de los gustos de otros, mira la paja en ojo ajeno, pero jamás mira el árbol que tiene en sus propios ojos. La australiana habla del cachascán como si fuera una vulgaridad que sirve para mantener a las masas embrutecidas. Quizá ella se olvida de su nativo fútbol australiano, una especie de fútbol primitivo —sí, primitivo— donde la bola ovalada se patea, se manotea o, simplemente, se corre con ella. Este juego de *hooligans,* vestidos con camisas sin mangas, tiene sus propias reglas, lo cual no impide que se juegue con brutalidad celebrada por borrachos con sombreros con corchos. Pedirle a Miranda que entienda lo que es el cachascán es pedirle demasiado. Su opinión vale tanto como la mía en el fútbol australiano.

«¡Caaaaachascáááááááááááááán!», grito con júbilo, victorioso. El arrebato triunfalista me lleva a imaginar a Miranda como si fuera un ornitorrinco salvaje. Ambos estamos en el ring. Mano a mano. En la esquina azul, Miranda, la Ornitorrinco Salvaje, la ruda. En la esquina roja, Pablo Coraje, el Enmascarado Rojo, el técnico. Salgo de mi esquina como un relámpago y tumbo al monstruo y aplico la llave favorita del yanqui: el avión. La Ornitorrinco se rinde y el réferi grita: «¡Abandonoooooooooooooo!». «¡Bravo! ¡Bravooooooo!», grita la gradería.

La Ornitorrinco Salvaje fue vencida en el ring imaginario por Pablo Coraje, el luchador técnico, el Enmascarado Rojo. «¡Viva la lucha libre!», grito en mis adentros, eufórico, lleno de adrenalina. Visualizo el póster que pegué en la pared de mi cuarto. Visualizo las palabras, las fotos de los luchadores, los nombres estrambóticos... Visualizo:

El Cuervo Producciones, presenta:
LUCHA LIBRE MEXICANA
Jueves, 25 de octubre, ocho de la noche
ROUNDHOUSE
Chalk Farm Road, London NW1 8EH

Cada mañana me despierto mirando este póster; cada noche me quedo dormido mirando este póster. Hoy es el día. «¡Hoy es el díaaaaaa!», grito. Mi grito es el remedio a las palabras de Miranda, que se van desvaneciendo en el aire de la nada, en los túneles oscuros del metro, en cada estación que voy pasando. Al final, mi cariño por la lucha libre mexicana triunfa.

Mientras viajo mi último tramo, saco de mi mochila, con el cuidado y reverencia que se merece, un papiro sagrado, el único tesoro que tengo en esta vida. Es la reliquia sagrada que conecta todos mis mundos: el presente, el pasado y quizá el futuro. Una historieta de cómic: «Ediciones José G. Cruz, presenta: Santo, el Enmascarado de Plata. Una historia completa en este número. *La maldición de los vampiros*». Contemplo la carátula de colores primarios ya gastados por el tiempo y

12

el uso. Miro las figuras. Santo ahorcando a un vampiro. Imágenes que saltan de la cubierta con el realismo artificial de una fotografía retocada sin cuidado estético. Esta es la historieta que he leído tantas veces, y en sus páginas de color sepia siempre encontré un mundo dimensional donde había orden y propósito, un mundo que tenía sentido y significado. Era mi mundo.

El Santo, con su cuerpo de músculos inflados por el truco de la fotografía y su inconfundible máscara color plata, retocada para que se vea más reluciente. Los vampiros grotescos y las poses exageradas, la simpleza de la historia: los buenos contra los malos, la justicia contra el crimen, el Santo contra los villanos. Un mundo simple, sin complejidades, un mundo que tiene sentido para mí. Mi mundo.

Ojeo mi historieta; no la llamo «fotonovela» —aunque en cada viñeta hay fotos, no dibujos— porque las fotonovelas son para las mujeres. Las páginas gastadas de esta revista esconden secretos, memorias de momentos inolvidables…, estados de ánimo. Me sé de memoria la trama, las secuencias, lo que viene en cada página, el diálogo, la acción, las peleas. Este es el único recuerdo de mi niñez, de mi padre y mi patria lejana y a la vez tan cercana. Cuando regresé al Perú, quince años después de dejarlo, encontré otra patria. Mi barrio era otro, la casa donde viví y la escuela primaria donde estudié desaparecieron gracias a la especulación urbana.

La mayoría de mis amigos emigraron, y otras familias llegaron a este barrio, que ya no era mi barrio, en este país que ya no era mi país. Mi barrio, mi país, mi niñez, o lo que recuerdo de ella, ahora solo viven en mi memoria.

Tenía cinco años cuando mi padre me llevó por primera vez a ver cachascán al viejo Coliseo Nacional, en el Porvenir, que mi padre seguía llamando el Luna Park. La confusión se entiende. Estas carpas de algún circo difunto, parchadas de mala gana y atiborradas con galpones de tabladillos que servían de tribunas, fueron los templos del cachascán peruano por muchos años. Bajo sus viejas lonas, en este foro cholo-romano los ídolos del cachascán se hicieron leyenda y mito. Allí los técnicos y los rudos se enfrentaban en épicas batallas, coreografiadas con brutalidad y destreza gimnástica. Todas las peleas eran predecibles, seguían la misma narrativa, la misma historia, la lucha perenne entre el bien y el mal. Los que juegan limpio y respetan las reglas y los que usan todo tipo de artimañas para ganar. Todo vale. En este coliseo de pobreza y despojos humanos, los secretos del *catch* se revelaban en cada *tackle:* patadas voladoras, martillos, el avión, la quebradora, la silla turca, la doble Nelson, la clavada, la plancha, el candado, el tornillo. En cada llave ejecutada con elegancia y vitalidad, la audiencia estridente celebraba con pasión desenfrenada. Y pedían más, más golpes, más patadas, más brutalidad, más de lo mismo, más por los pocos soles que pagaron en su entrada. Más cachascán. «Señoras y señores, damas y caballeros, este es el mundo del catch».

Mi padre conocía a muchos de los luchadores. En su juventud había levantado pesas en el popular gimnasio Charles Atlas, en Barrios Altos. En este humilde cubil destartalado y sucio, con aparatos oxidados y antiguos como su dueño, los luchadores del futuro esculpían sus cuerpos: pechos y abdominales, piernas torneadas y brazos gruesos como garrotes.

En el vestuario pestilente que servía de mercado negro para la venta de «vitaminas» y «suplementos» recomendados por el mismo Charles Atlas, los jóvenes aspirantes compraban a precio de descuento la promesa de que cualquier alfeñique podía convertirse en un robusto atleta, como el mismo Charles Atlas. Este lugar sin pena ni gloria era semillero de luchadores. Aquí, el empresario Max Aguirre venía a buscar los nuevos valores para su espectáculo de cachascán. Con la ilusión de fama y dinero fácil, muchos fueron embaucados y firmaron contratos de esclavos. Cuando se daban cuenta de que los estaban explotando, las quejas caían en oídos sordos, ya que, según el empresario Max, «Todo es legal, y si tienes dudas consulta con mi abogado».

De adolescente fui un par de veces al Coliseo Amauta para ver a los Colosos del Catch, y también por un tiempo me interesé en el cachascán argentino, los Titanes del Ring. Pero la verdad es que nada podía compararse con la lucha libre mexicana y sus superhéroes. El mítico Santo y Blue Demon. Para mí, ellos eran los dioses de la lucha libre. Nunca los había visto pelear en persona, solo en películas y en historietas que mi padre coleccionaba. En ese mundo imaginario yo era Pablo Coraje, el Enmascarado Rojo, y peleaba junto con ellos contra los malos del mundo. Sin que supiera mi madre, que no le gustaba el cachascán, mi padre me prometió que cuando cumpliera quince años me mandaría hacer una máscara roja con grecas doradas. La máscara de Pablo Coraje. Mi padre me prometió muchas cosas.

Una mañana, sin avisos ni preámbulos, mi padre me dio su cómic favorito.

—Me voy de viaje por un largo tiempo —me dijo con una voz grave y triste—. Quiero que guardes esta revista. Te prometo que algún día, cuando vuelva, te llevaré a ver al Santo y le pediremos que te la firme.

No supe qué decir, no sabía si era solo una promesa o un adiós, o un adiós con promesa. No entendía por qué tenía que irse de viaje. No entendía por qué tenía que dejarnos. No entendía por qué no podía llorar, a pesar de tener la garganta atracada de pena. No entendía nada, pero igual abracé a mi padre, con todas las fuerzas que uno puede tener a esa edad, y le di un beso en la mejilla húmeda de lágrimas silenciosas y discretas.

—Cuida a tu madre —fue lo último que me dijo. Asentí con la cabeza porque no podía hablar.

Nunca más supimos de él. Dos años después, mi madre se enfermó y, sin aviso, se murió sin decirme adiós. En mi inocencia y desesperación recé a Dios para que trajera a mi padre al entierro. Dios no me escuchó. Mi padre no vino. Ese día dejé de creer en Dios.

La única familia que me quedaba era mi tía Ruth, prima hermana de mi madre, que radicaba en Londres desde hacía veinte años. Mi madrina Elvira contactó con mi tía Ruth. Ella se disculpó por no poder venir al funeral, aunque envió un arreglo floral, pero le dijo a mi madrina que se haría cargo de mi custodia. Envió el dinero para hacer todos los trámites y comprar los pasajes. Y así fue como terminé en este país viviendo con mi tía soltera, que me quiere como si fuera su propio hijo, y que yo quiero como si fuera mi madre.

Una estación más y llego a mi destino.

Llegué a Chalk Farm con dos horas y media de anticipación. Para matar el tiempo, caminé por Chalk Road hasta el Camden Market. El mercado de Camden es un complejo ecléctico con varias secciones donde se vende todo tipo de cosas. En el Lock Market, por ejemplo, uno puede encontrar artesanía local y de otras partes del mundo, libros usados, ropa nueva o de segunda mano y bisutería. También hay quioscos de comida local, tradicional o internacional; exóticas ofertas para todos los gustos y paladares más exigentes, y puestos exclusivos para vegetarianos y veganos. El Stable Market, que alguna vez fue un hospital de caballos, tiene una gran variedad de estantes con ropa, muebles artesanales, artículos para el hogar, decoraciones, objetos de curiosidades, antigüedades y arte. A lo largo del canal hay más quioscos, seguidos por el Buck Street Market, donde uno puede encontrar ropa de marca genuina o pirata. El Electric Ballroom Market, que es una discoteca muy popular, los fines de semana se convierte en un mercado donde se venden productos importados y de diseñadores independientes. El Inverness Street Market es el mercado de abastos donde uno encuentra frutas, vegetales y verduras frescas de todas partes del mundo.

A pesar de ser un día de semana, el Stable es un hormigueo de personas que se van abriendo camino por estas calles estrechas que se asemejan a una medina. Absorbo la atmósfera, el ambiente, el ruido, miro, escucho, me dejo llevar por la corriente humana. Mientras curioseo tanta originalidad que no se ve en el High Street, me parece escuchar a alguien hablar en español. De curioso, me acerco a ver de quién se trata.

Unos quioscos más adelante, una joven y un viejo rastafari gritan a voz en cuello, en idiomas diferentes, buscando formas de hacerse entender. A pesar de las buenas intenciones, el esfuerzo es fútil.

—¿Puedo ayudar? —le pregunto a la joven que habla español. La muchacha me mira con sorpresa y alivio, y casi suplicando me dice:

—¡Sí, por favor!

—¿Qué quieres que le pregunte al vendedor?

—Por favor, pregúntale al señor si tiene ese polo de Bob Marley en talla pequeña.

El viejo rastafari que atiende el puesto me dice que tiene todas las tallas y colores, para damas y caballeros.

—¡Excelente! —grita la joven—. Por favor, dile si me puede mostrar el polo para damas en talla pequeña y color negro.

El rastafari rebusca entre varias pilas de polos hasta que encuentra el que la joven le está pidiendo. La muchacha se lo pone contra su cuerpo, como tratando de ver si es de su talla o si le queda bien.

—¿Qué te parece? ¿Me cae bien? —me pregunta.

Por primera vez la miro de frente y me doy cuenta de que es muy bonita. El rostro ovalado, piel olivo; los ojos almendra y las pestañas exóticas; la boca pequeña, pero de labios gruesos; la nariz corta, algo delgada y corva; el cuello juncal; los cabellos largos y radiantes, color azabache; la sonrisa discreta, con un aire coqueto; la mirada vivaz y juguetona; la figura delgada y breve, eran armonía caminando. Esta muchacha tenía algo, un cierto *je ne sais quoi* que la hacía muy atractiva.

—Te ves muy sexi —le digo con zalamería.

Me mira con esos ojos seductores y, cogiéndome del brazo, me dice:

—No seas malo, dime la verdad.

—Te queda muy bien —le gusta el halago.

El rasta puso el polo en una bolsa de plástico y recibió el dinero. Moviendo sus rastas, sonrió oro de satisfacción. La muchacha puso la bolsa en su cartera y me premió con otra sonrisa.

—Gracias por tu ayuda. ¿Cómo te puedo pagar?

—No es nada.

—Por favor, por lo menos déjame que te invite a tomar algo. ¿Tienes tiempo?

—Sí, un par de horas.

—Muy bien. ¿Dónde podemos ir?

—Al otro lado de la calle, saliendo del mercado hay un *pub* que está muy bien. Se llama Lock Tavern. Podemos ir allí.

—Perfecto, nunca he estado en un pub.

El Lock Tavern está en una esquina de Chalk Road. Es un local conocido por su tradicional Pale Ale y sus conciertos, donde bandas nuevas prueban su suerte. Su fachada color chocolate oscuro la distingue en una calle de mucho colorido, actividad comercial y tráfico humano. Su interior conserva la apariencia de un pub tradicional, enchapado en roble inglés. Las mesas varían de tamaño y las sillas de estilo. Los signos de «No

Fumar» están por todos lados, pero es igual, el lugar está impregnado de olor a cigarro, cerveza y madera barnizada.

—¿Qué te tomas?

—Una pinta de bíter, por favor.

—¿Sabes qué?, ¿por qué no ordenas tú mejor, que hablas inglés? Yo solo quiero una Diet Coke.

—Muy bien.

Ordené las bebidas y pagué con un billete nuevo de veinte libras.

—Gracias por la cerveza.

—No, gracias a ti por venir a rescatarme.

Nos sentamos en una esquina discreta del pub.

—Perdona que no me haya presentado. Mi nombre es Iris.

—Mi nombre es Pablo.

—Mucho gusto, Pablo —dijo con voz suave, dándome la mano con la formalidad y modales que ya no se ven en estos días.

—¿Turista?

—Sí. ¿Y tú?

—No. Yo vivo aquí

—¿Hace mucho?

—Sí. Varios años.

—Ay, qué lindo. Debe de ser regio vivir aquí, ¿no?

Mi respuesta fue una sonrisa. Una sonrisa ambigua que escondía lo que realmente pensaba, lo que en realidad sentía. Cambié de tema.

—Eres mexicana, ¿no?

—Sí, ¿cómo lo notaste?

—El acento te delata.

—¡Ja, ja, ja! Claro… ¿Y tú? No distingo tu acento.

—Yo soy paraguayo.

No sé por qué le mentí. No sé por qué le dije Paraguay, y no Chile o Ecuador. Quizá fueron las arpas o el Iguazú. ¿Qué acento tienen los paraguayos? No lo sé. Es igual, la mexicanita se lo creyó. Soy guaraní a partir de ese momento.

Le pregunté a qué se dedicaba y me evadió la pregunta con bastante inteligencia, y con esa sonrisa encantadora llevó la conversación por otros lares. Nos fuimos haciendo más preguntas, tratando de discernir, de sondear el uno al otro, y con gran habilidad las preguntas se evadían con estilo o, simplemente, se ignoraban y se pasaba a otra cosa. Era como un juego en el que tratábamos de adivinar quién realmente era el otro. Cada minuto que pasaba, Iris y yo nos acercábamos más, sentía que algo nos conectaba, algo que no podía explicar o identificar, pero sabía que estaba allí, acercándonos más y más. Nuestra conversación también iba mudando de lo más banal y superfluo hacia lo más personal e íntimo. Sin darnos cuenta estábamos contando cosas personales, hablando de nuestros sentimientos. Entre palabras y miradas, la necesidad de besarla se hacía más intensa, más urgente. Entre risas y suspiros, Iris tenía contacto físico conmigo con más frecuencia. «¡Ja, ja, ja!», y me tocaba el brazo. «Uuuummmmm», y me tocaba hombro. «Aaaaaaaaah», y me tocaba brevemente en la rodilla. «Guauuuuu», y ponía su mano sobre mi mano, pero solo por unos segundos.

Cuando le conté que era huérfano, me tomó la mano y la apretó con mucha fuerza. Sus ojos traviesos se fueron ahogando en lágrimas que se deslizaban lentamente por sus mejillas finas. Sus labios sensuales sonrieron una mueca triste que aprisionaba una pena profunda, mi pena, y quizá su propia pena. La miré llorar. Me acerqué a ella para consolarla con besos. Iris cerró los ojos y se dejó besar. Con mis labios fui secando cada lágrima de su rostro. Mis labios besaban y secaban. Sentí el sabor salado y amargo de su llanto. Cuando intenté besarla en la boca, Iris abrió los ojos y me detuvo poniendo su mano pequeña en mis labios. Me contuvo hasta que ya no pudo más. Su misma manita acercó mi rostro hacia ella. Y fue ella la que me besó con angustia y pasión, con temblor y desesperación, como si fuera su último beso, como si el mundo se fuera a acabar. Por un instante bajó la guardia, cerró los ojos y se dejó llevar por el momento; pero cuando reaccionó y se dio cuenta de lo que estaba haciendo, abrió otra vez los ojos y, de forma abrupta, puso nuevamente su mano en mis labios. «No, no, no...», dijo con voz quebradiza. Detenerme a esas alturas era casi imposible. Besé su mano tibia y suave, besé sus dedos, que contenían mis labios. Mis besos la rindieron. Iris cerró los ojos otra vez y, como pidiendo perdón al cielo, no se resistió más y me besó como solo una pasionaria lo sabe hacer. Nos enredamos el uno con el otro por un largo rato hasta que Iris, con mirada cautiva, me pidió: «Ya no más, por favor, te lo ruego».

Algo avergonzada, abrió su cartera y sacó un pañuelo blanco con bordados de corazón. Se secó los ojos y me volvió a coger la mano. Recostó su cabeza en mi hombro, suspiró y no dijo nada. Sentí sus dedos frotando mis dedos. Sentí su cuerpo tibio y tembloroso. Sentí su respirar apurado y el palpitar de su corazón inquieto. Sentí su alma descansando en la mía. «Vine a ver cachascán y terminé enrollado con Iris la mexicanita», me dije con alegría, pero también preocupación.

El reloj en la pared marcaba las siete y media; tenía menos de media hora para decidir qué hacer. Disculparme e irme al cachascán o quedarme con la mexicanita. Qué dilema. ¿Qué iba a hacer? Pensé en las opciones. «¿Y si la invito a que me acompañe a la lucha libre? Puede ser, pero corro el riesgo de que la mexicanita piense como Miranda y me mande al diablo. Por otro lado, siendo mexicana de seguro que le gustará la lucha libre. Aunque no necesariamente. Yo soy peruano y a mí no me gusta la Inca Kola. Y así le guste el cachascán no hay garantía de que encuentre entradas. ¿Qué hago? ¿Qué le digo? ¿Y si le explico la situación y quedamos en vernos mañana? Lo mejor es la honestidad. ¿Honestidad? ¡Si le dije que era paraguayo!». Confundido y feliz seguí con mi debate interno sin encontrar una solución. No sé qué pensaba Iris, solo sabía y sentía que se iba arrimando más y más a mí. Le solté su manita sudorosa y puse mi brazo alrededor suyo. Le gustó y me premió con un beso en la mejilla. No creo en los milagros. Pero hoy empiezo a tener mis dudas; quizá los milagros existen. Quizá en esos momentos de pura casualidad, donde todo el universo conspira a tu favor y uno se convierte en víctima de las circunstancias, los milagros son tan reales como la vida y la muerte. En este día, en esta hora, en este lugar, el destino quiso que dos almas extrañas coincidan con los deseos de los dioses. Sentados en esta banca de madera gastada por el tiempo, respirando el mismo aire, en silencio, sin decir palabra, acariciándonos con ternura y algo de locura, la mexicanita y yo tocábamos las puertas de la felicidad. Y la llave fue nuestra pena del alma. Fue la mexicanita quien, una vez más, tomó la iniciativa. Acercando sus labios a los míos, me besó con esa pasión que ahora la poseía. Tomó un respiro de tanto beso, pero yo la seguí besando. La besé en la frente, las mejillas, la nariz, los ojos cerrados, la barbilla, el cuello y, nuevamente, en la boca. Iris no decía nada, solo se dejaba besar en silencio por un extraño, por Pablo Coraje, el técnico, el amigo del Santo, el Enmascarado Rojo. Como en las películas, donde extraños se encuentran y se besan sin mucho prólogo ni explicación. Así fue con nosotros: sin mucho prólogo ni explicación nos besamos hasta el cansancio. Tanto beso me dio sed. Le pregunté si quería tomar algo más. Me pidió otra Diet Coke y me dijo que iba al baño para refrescarse un poco. Fui al bar y ordené lo mismo. Mientras esperaba que me sirvieran, embriagado de Iris la Pasionaria, traté de razonar la lógica de nuestras circunstancias. No había lógica. En las cosas del romance y la pasión solo hay incoherencia humana. Instintos. Pasiones. ¿Cómo podía explicarse que dos personas ajenas se enredaran de esta manera? Éramos dos desconocidos, dos extraños en Camden, dos…

—¿Pablo Cardoza? ¿Eres tú? Hola, soy George. George Smith. ¿Me recuerdas? —Cómo no lo iba a recordar, si era el gordo llorón de la clase.

—Hola, George, gusto de verte —traté de mantener la conversación al mínimo, sin darle cuerda o poner mucho interés, esperando que George leyera los signos que le daba.

—¿Vives por aquí? —preguntó George sin notar que no estaba interesado en seguir conversando con él. Cómo podía ser más explícito, y, sin palabras, decirle:

26

«No me molestes. Vete, gordo llorón. Déjame en paz con la mexicanita y nuestros besos».

Fue en vano. El gordo era un iletrado en mensajes no verbales. Siempre fue así. Quizá fue por eso que se convirtió en víctima de los matones de la clase y, así, en el gordo llorón de la escuela.

En tercer grado, George dejó la escuela. Toda la familia emigró a Benidorm, donde los padres abrieron un bar para los expatriados. Nunca supe más de él. Sin necesidad de que le preguntara, el gordo hablantín me empezó a contar qué había estado haciendo todos estos años. Yo oía, pero no escuchaba. Lo miraba, pero mi mente estaba en otra cosa, en la mexicanita, el cachascán y mi dilema sobre qué hacer. Ya tenía las bebidas en la mesa, y solo estaba esperando que Iris regresara del baño para entonces excusarme y decirle adiós a George. Pero Iris se tomaba su tiempo. En un momento de distracción, me di cuenta de que la mexicanita estaba parada en la puerta, como esperando que la encontrara con la mirada. Cuando mis ojos la pillaron, con mucha naturalidad me arrojó un beso y se fue. Interrumpí a George y salí corriendo a la calle a darle alcance. No la encontré. Como vino, así se fue. Desesperado y confuso caminé unos metros mirándolo todo, mirando a todos. El viento se la llevó o la tierra se la tragó.

La vida es un juego cruel, te da y te quita, te quita y te da. La alegría y la tristeza son un cupón en la lotería de la vida. Gané y perdí en un solo día. ¿Por qué se fue la mexicanita, así, de súbito, sin decir nada? Jamás lo sabré. Resignado y perplejo, volví al pub. Recogí mi mochila y le dije adiós a George. Caminé como un sonámbulo hasta el Roundhouse.

El Roundhouse es un auditorio circular que fue construido originalmente en 1847 para uso de la compañía del ferrocarril. Con el paso de los años se convirtió en un depósito. El edificio sufrió el deterioro de años de negligencia y desidia hasta que ya no tuvo uso alguno. Fue cerrado y abandonado a su suerte justo antes de que empezara la segunda guerra mundial. Y así permaneció por varios años hasta que, finalmente, fue convertido en un teatro y centro cultural. Cuando llegué a la taquilla le mostré la notificación que me mandaron. La mujer la miró, chequeó su computadora y me dijo:

—Espere un momento, por favor.

—¿Algún problema?

—No. No hay problema. Por favor, espere un momento. —La operaria llamó a alguien por el teléfono interno. Esperé pensando en la mexicanita hasta que alguien me llamó por mi nombre.

—¿Señor Cardoza?

—¿Sí?

—Perdone que lo haya hecho esperar. Por favor, sígame —dijo la mujer de mediana estatura, con bastante maquillaje y vestida con chaqueta y falda rojas y blusa blanca, con un pañuelo verde en el cuello. Los colores de la bandera mexicana.

—¿Algún problema? —pregunté algo intrigado.

—No se preocupe, señor Cardoza, todo está en orden.

—¿Adónde vamos?

—La administración desea compensarlo por el problema con los tiques invitándolo a la zona VIP, donde podrá conocer a los luchadores. Son órdenes del patrón.

Cuando dijo el «patrón», sonó ominoso, reverente. Lo dijo con un respeto que casi lindaba con el miedo. No pude con la curiosidad y le pregunté quién era el patrón. Pero mi pregunta se quedó colgada en el aire, en un silencio incómodo, hasta que finalmente la señorita respondió.

—El patrón es el que manda. El patrón ordenó que lo invitáramos a la zona VIP para que conozca a los luchadores.

—¿De veras?

—Sí, de veras.

Le agradecí hasta el cansancio por tanta gentileza. «¡Voy a conocer en persona al Hijo del Santo!», pensé. Entramos a un salón decorado con la extravagancia y el gusto que el dinero puede comprar. Había pantallas de televisión por todos lados. En algunas se veían repetidos de luchas clásicas; en otras se veía el MTV Latino.

También había una banda de mariachis que iba alrededor del salón cantando boleros y rancheras al estilo Javier Solís. A pesar de la incesante bulla, algunos parecían sostener alguna conversación. El salón, que no era muy grande, estaba repleto de gente: modelos, agentes, cámaras de televisión, periodistas, fotógrafos y camareros que iban y venían con viandas de canapés mexicanos, vasos con tequila y botellas de cerveza Cuervo. Entre el gentío también estaba alguno de los luchadores: Supernacho, Indio, Monje, Pantera Azteca, el Bello, Sin Límite, Chiricagua, Latin Lover y Canek, entre otros. Algunos luchadores conversaban entre ellos; otros hablaban con sus agentes o concedían alguna entrevista. Alguno que otro se tomaba fotos con las bellas modelos, pero mis ojos solo buscaban la máscara plateada e inconfundible del Hijo del Santo. En el salón VIP no había la rivalidad histriónica característica que se acostumbra en el ring. Nada que ver, allí no había mala sangre, sino compañerismo y mucha fiesta. En unos minutos saltarían al ring para arrancarse la cabeza, quebrarse las costillas o patearse hasta vomitar las tripas, o por lo menos así lo aparentarían, pero, por el momento, allí los luchadores lucían modales y civilidad irreconocibles.

—Señor Cardoza, me gustaría presentarle al patrón. Por favor, sígame —dijo la señorita con la solemnidad que merece una audiencia papal.

La seguí entre el bosque humano hasta que se detuvo. Y allí estaba. El patrón. Sentado en su silla de ruedas, el patrón daba órdenes y recibía llamadas en sus varios teléfonos celulares que le iban alcanzando sus guardaespaldas. Llevaba unas gafas oscuras inmensas que le cubrían casi la mitad de la cara. Vestía traje negro, camisa negra y corbata negra. Todo en negro. Su postura era rígida, como si la mitad de su cuerpo estuviera paralizado; pero, a pesar de su invalidez, desde su silla de ruedas parecía que lo miraba todo, lo controlaba todo, lo organizaba todo como un águila salida de la bandera mexicana.

—Señor Cardoza, déjeme presentarle al patrón.

—Mucho gusto, señor —dije dándole la mano. Pero mi mano se quedó colgando en el aire por varios segundos.

—El patrón no acostumbra a dar la mano. Me susurró la señorita en el oído.

Con cierta dificultad para mover los labios, el patrón dijo con su voz distorsionada por la parálisis:

—Un gusto conocerte, hijo.

El patrón hizo una seña, como indicando que lo siguiéramos. Uno de sus guardaespaldas empujó la silla y todos lo seguimos, abriéndonos paso entre la gente, hasta el otro lado del salón VIP.

—Te presento a mi hijo Relámpago —dijo el patrón con bastante orgullo. Una joven promesa de la lucha libre mexicana.

El enmascarado me dio la mano sin decir nada, solo moviendo la cabeza.

—¿Hace mucho tiempo que te gusta la lucha libre? —me preguntó el patrón.

—Sí, desde que era pequeño. Fue mi padre quien me inició en las cosas del cachascán.

—¿Cachascán? ¡Ja, ja, ja! Hacía tanto tiempo que no escuchaba esa palabra… Cachascán —dijo el patrón con cierta nostalgia.

—Señor, no quisiera abusar de su gentileza, pero me gustaría pedirle un gran favor.

—Dime.

—Me gustaría pedirle un autógrafo al Hijo del Santo.

—Lo siento, muchacho, el Hijo del Santo no firma autógrafos —dijo el patrón con cierta tiesura en su voz dañada.

—El Hijo del Santo prefiere estar solo en su camerino y concentrarse en su pelea —añadió la señorita.

Hubo un silencio incómodo, miradas inciertas. Ninguna de las partes sabía qué hacer o decir, hasta que Relámpago intervino.

—Papá, dame tu bendición antes de que me vaya —dijo Relámpago, poniéndose de rodillas enfrente de su padre.

Con la solemnidad de un ritual azteca, el patrón sacó una pluma marrón del bolsillo interior de su saco y con ella hizo la señal de la cruz sobre la cabeza de su hijo.

—Que la virgen de Guadalupe te proteja.

Relámpago besó al padre en la frente y se fue. La señorita me dijo que mi sitio sería en el palco de invitados.

—Para que esté más confortable, pondré su chaqueta y mochila en un lugar seguro —me dijo la señorita mientras me llevaba a mi sitio.

Yo era el único invitado en un palco de cuatro sitios. Dos palcos a la derecha estaban el patrón con la señorita y sus guardaespaldas.

Las primeras dos peleas fueron intrascendentes. Supernacho contra Pantera Azteca. Fue una pelea mediocre. El público enfurecido abucheó y tiró de todo al ring. Supernacho ganó.

La segunda pelea entre Chiricagua y Sin Límite fue algo mejor, pero no mucho. La rutina tenía la pasión de una clase de química y era tan predecible como una telenovela mexicana. Nada que resaltar. La chifla de protesta fue ensordecedora. Alguien tuvo que subir al ring para limpiar los proyectiles que la gente tiró. Ganó Sin Límite.

La tercera pelea despertó entusiasmo en el palco del patrón.

—Damas y caballeros —dijo el anunciador—, en la tercera de la noche, juventud versus experiencia. En la esquina azul, el cuatro veces campeón de la Asociación de Lucha Mexicana, el rudo ¡Peeeeeecadoooooooooo!

El auditorio explotó en un griterío de maldiciones e insultos. Pecado entró al ring iracundo y arrogante, como si la hostilidad del público le diera gran placer y más fuerza.

—En la esquina roja, la nueva revelación de la lucha libre mexicana, el técnico ¡Reeeeeelámpagoooooooooo!

Los aficionados no ocultaron su favoritismo. El griterío y los aplausos eran estridentes. La señorita se puso de pie aplaudiendo a Relámpago como si fuera una estrella de rock. El patrón, desde su silla de ruedas, levantó su mano buena, la única que podía mover, como señal de simpatía por el hijo. Los guardaespaldas ni se inmutaron. Relámpago entró al ring haciendo una voltereta acrobática. Siguiendo la tradición, Pecado tomó la iniciativa. Tras aplicarle un candado en el cuello, le metió los dedos en los ojos. A pesar de las protestas de Relámpago, el público, la señorita y el patrón, el réferi ni se daba por enterado o no quería enterarse. Relámpago fue una presa fácil para Pecado, quien le infligió puñetes en la cara y el estómago. Doblado de dolor y ciego, Relámpago fue aventado contra las cuerdas y, en el rebote, Pecado lo encontró con su brazo extendido como garrote, justo en el cuello.

Relámpago cayó a la lona retorciéndose de dolor. Pecado se subió a las cuerdas y, desde allí, saltó en una clavada espectacular sobre el pobre Relámpago. Pecado volvió a la cima de las cuerdas para otra clavada, pero esta vez, gracias a sus rápidos reflejos, Relámpago se movió y la evitó. La cabeza de Pecado aterrizó en la lona. Relámpago se puso de pie, tambaleándose, grogui, pero, como si algo sobrenatural lo hubiera poseído, se puso a gritar golpeando su pecho igual que si fuera King Kong o Tarzán, o ambos. Relámpago cogió a Pecado de las piernas, hizo un carrusel y lo aventó contra las cuerdas. Pecado trató de levantarse, sin embargo, Relámpago no le dio tiempo ni para respirar, lo tumbó otra vez con una patada voladora. Apoyándose en las cuerdas, Pecado trató de ponerse de pie, pero Relámpago no le dejó, le aplicó una tijera voladora, seguida por el avión. Parecía que Pecado iba a abandonar, pero, sin que el réferi se diera cuenta, sacó una manopla escondida en su trusa y, con un solo golpe en la cara, la furia y el metal tumbaron a Relámpago, dejándolo inerte en la lona. Las protestas del público cayeron en oídos sordos. Pecado escondió la manopla en su trusa, se puso de pie, miró a Relámpago por unos segundos, lo levantó en vilo como si fuera un tronco seco y lo tiró contra las cuerdas. Relámpago ni se quejó ni se movió. «¡Frito pescadito!», gritó Pecado pateando a Relámpago en forma salvaje. La gente se puso de pie a gritar clemencia, a pedir que el réferi interviniera. El público gritó, la señorita gritó, el patrón gritó a media voz, y sus guardaespaldas no gritaron, aunque movían los puños con furia. Yo grité también. Pero al final nadie nos escuchó. El *show* tenía que continuar.

Pecado levantó en vilo a Relámpago y le aplicó la quebradora. Cuando su espalda se estrelló en su rodilla, todos sentimos el dolor. Pecado lo volvió a levantar en vilo y, como si fuera un maniquí, lo arrojó fuera del ring. Relámpago aterrizó entre sillas y público asustado. Tendido en el suelo, alguien notó la sangre que destilaba por todas partes: la nariz, la boca y, más preocupante, entre los pasadores, detrás de la máscara. El réferi bajó del ring y detuvo la pelea. Pecado no esperó que lo anunciaran como vencedor, cogió su cinturón dorado y se largó entre gritos e insultos. Lo que parecía teatro y pantomima se había convertido en una tragedia. Relámpago seguía en el suelo atendido por el público. El patrón gritaba, su guardaespaldas y la señorita hacían llamadas frenéticas en sus celulares, y el réferi pedía asistencia médica. El patrón, sus guardaespaldas y la señorita dejaron el palco a toda prisa. Unos minutos más tarde, entre el loquerío y la histeria, dos paramédicos llegaron con una camilla. Le pusieron un collar y una máscara de oxígeno y, con mucho cuidado, lo sacaron del auditorio entre aplausos y gritos de «¡Viva Relámpago!».

Salí corriendo del palco para ver qué sucedía. Seguí al barullo de luchadores, empleados y curiosos, que seguían la camilla a través de los corredores, hasta que llegamos a la puerta de escape. La ambulancia esperaba fuera con sus luces brillantes, que afectaban la visibilidad. El patrón, su guardaespaldas y la señorita ya estaban allí, esperaban al lado de la ambulancia. Me abrí paso entre el alboroto de la gente para ver de cerca lo que los paramédicos hacían. Fue en ese momento cuando que me llevé la sorpresa de mi vida: llorando al lado de Relámpago estaba Iris, la mexicanita, quien besaba la mano inerte del luchador. Mientras un paramédico trataba de consolar a Iris alejándola del herido, el otro, con mucho cuidado, cortaba con tijeras la máscara de Relámpago. Cuando removieron la máscara, lo único que se podía ver era una masa deforme de carne macerada en sangre fresca y en estado de coagulación. Los paramédicos trataron de limpiar el rostro hinchado y le pusieron la máscara de oxígeno otra vez. La mexicanita gritaba histérica. El patrón y su corte estaban tiesos del choque. Mientras un paramédico preparaba la ambulancia, el otro hacía llamadas en su celular. Una limosina llegó y se llevó al patrón y la señorita, los guardaespaldas los siguieron en otro coche. La policía llegó en ese momento e inmediatamente acordonaron el lugar.

—¡Por favor, muévanse! ¡Circulen, por favor,

circulen...! —gritaban los uniformados del orden. Pero no había orden, nadie escuchaba, nadie se movía.

—Por favor, señor, muévase, no se puede quedar ahí —dijo uno de los policías empujándome.

—Yo soy amigo del luchador —protesté.

Al escuchar mi voz, la mexicanita levantó la mirada y sus ojos llenos de lágrimas y sorpresa se encontraron con los míos. Inmediatamente se acercó a los policías y, con su espanglish, les dijo: «Es okey, es okey». Iris me cogió de la mano, y los policías me dejaron pasar. Con señas y más inglés mexicano, Iris explicó a los paramédicos que yo también iría en la ambulancia.

La ambulancia corría a toda velocidad por las calles de Londres anunciando su paso con la sirena, cruzando luces rojas, evadiendo taxis, buses, carros, camiones, ciclistas imprudentes, peatones con algunas copas de más. Iris lloraba desconsoladamente. El paramédico observaba los signos vitales de Relámpago en una pantalla y hacía gestos con el rostro que no sabíamos cómo interpretar. La mexicanita me tomó la mano y, apretándola con fuerza, sentí su miedo.

—Es mi culpa. Es mi culpa —repetía como si la ambulancia fuera un confesionario.

—Es un accidente. Nadie tiene la culpa —dije con autoridad y resolución. La mexicanita me miró con sorpresa y, aceptando mi dictamen, se calmó un poco.

Llegamos al hospital y no había señal del patrón, la

señorita ni nadie de la empresa.

Los paramédicos, con varias enfermeras y doctores, llevaron a Relámpago a la sala de operaciones. Unos minutos más tarde, un doctor vestido todo de verde, listo para operar, vino a hablar con Iris.

—¿Cuál es su relación con el paciente? —preguntó el doctor.

—Soy la novia —dijo Iris entre sollozos.

—Señorita, parece que su novio tiene un coágulo de sangre en el cerebro. Necesitamos hacer más pruebas para estar seguros. Si este es el caso, tendremos que operar. ¿Hay algún otro miembro de la familia con él?

—Sí. Su padre. Él ya está en camino.

—Muy bien, cuando tenga los resultados vendré a informarles.

Tuve que traducir toda esta conversación. Fui yo quien tradujo a la mexicanita cuando dijo «Soy la novia». Esos mismos labios de la mexicanita, que me besaron hace unas horas, ahora decían palabras que no quería escuchar. No me sentía nada bien. No sabía si mi deber era decir algo o quedarme callado. Consolarla diciéndole que todo saldría bien o preguntarle qué cosa está pasando. Como leyendo mis pensamientos, la mexicanita puso su mano pequeña en mis labios y musitó:

—No preguntes, no hables, simplemente quédate aquí conmigo. —Obedecí.

Cansada de tanta emoción, Iris recostó su cabeza en

mi hombro. Sentí sus cabellos largos y tersos. Aspiré el mismo aroma fresco y floral que olí hace unas horas. La sentí tan cerca y al mismo tiempo tan lejos de mí.

El chirrido de la silla de ruedas hizo saltar a la mexicanita. De forma abrupta, nuestra secreta intimidad se convirtió en algo formal y distante. Su rostro se volvió serio y opaco, sus ojos perdieron humanidad y se cayeron al suelo, mirando la nada. El patrón entró a la sala de espera acompañado de varias personas. La mexicanita corrió a darle la bienvenida con un beso en la frente. Iris se quedó parada a su lado mientras el patrón hablaba con las personas que estaban con él. La señorita se fue a buscar al doctor que estaba a cargo de Relámpago; volvió casi de inmediato y pidió que la siguieran. El patrón, Iris, sus guardaespaldas y las otras personas que vestían como abogados siguieron a la señorita. Yo me quedé solo en la sala de espera. Como media hora más tarde, la señorita salió a la sala y me dijo:

—El patrón le agradece que haya venido acompañado de la señorita Iris. Hay una limosina esperando en la puerta del hospital. El chofer lo llevará a donde usted le indique.

—¿Cómo está Relámpago?

—Estable.

—Se recuperará, ¿no?

—Así esperamos. Gracias por su interés. Buenas noches.

La señorita me extendió la mano para despedirse y, al apretarla, sentí que con mucho disimulo y cuidado ponía una pequeña nota en la palma de mi mano. Apreté la nota en mi puño y, de inmediato, puse mis manos en los bolsillos para que nadie se diera cuenta de que me había dado algo, y me fui. Entré a la limosina y le pedí al chofer que me llevara a casa. Esperé un largo rato antes de sacar con mucha discreción la nota de mi bolsillo. Escrita al apuro, decía: «Fóyer del Hotel Ritz. Mañana, 12.30 p. m. Iris xxx».

Mi corazón quiso salirse de mi pecho de tantas palpitaciones estridentes. Leí y releí la nota hasta que llegamos a mi destino. Esa noche no pude dormir pensando qué pasaría mañana e imaginando todos los escenarios posibles. Repasé en mi mente, una y otra vez, cada momento, cada gesto, cada palabra de la mexicanita. Me esforcé en atar cabos y entender quién era y qué cosa estaba pasando y, sobre todo, cuál era su relación con Relámpago. Si en verdad eran novios, ¿por qué se comportaba de esa forma conmigo? ¿Por qué le era infiel? ¿Era este un noviazgo forzado? ¿Para qué querría verme mañana? ¡Dios mío, tantas preguntas! Agotado de tanto pensar, me quedé dormido.

Me desperté con el estruendo de la alarma. Lo primero que hice fue llamar a Print-Express para decirles que no me sentía bien y que no iría a trabajar. Charlie refunfuñó, pero me dijo que me tomara el día libre —sin pago— y descansara, porque mañana me necesitaban con urgencia, ya que Miranda, la australiana, había renunciado. Me acicalé y me fui al hotel.

Llegué puntual y esperé en el vestíbulo, como me lo indicó en la nota. Busqué un rincón discreto donde sentarme. Entre las gigantes palmeras de areca encontré una esquina discreta con un confortable sofá de cuero desde donde podía ver los ascensores, la entrada principal, la entrada al bar y la recepción. A esa hora del día mucha gente llegaba y salía del hotel: turistas de a uno, en parejas, familias y grupos; americanos, árabes, rusos, chinos y vaya a saber de qué otras partes del mundo. Hombres de negocios con algún asociado o con la secretaria. Algunos trabajaban en sus ordenadores portátiles; otros llamaban por teléfono. Yo miraba a todos los rostros por si acaso reconocía a la mexicanita. Pasaron los minutos, y nada. Esperé y esperé. Las manos me empezaron a sudar de los nervios, me dolía el estómago y sentía algo de náuseas también. Pensé en cuáles eran mis opciones y qué podía hacer. Si la mexicanita no se aparecía era porque quizá, luego de mucho pensar, decidió que lo mejor era dejarme plantado. En tal caso, debería irme y no seguir perdiendo mi tiempo. ¿O quizá el patrón descubrió su plan y la tenía secuestrada? ¿Cómo saberlo? No tenía su número de habitación, ni siquiera sabía su nombre completo. «Soy un idiota», pensé. De pronto, la puerta del ascensor se abrió, y no era la mexicanita, sino el patrón en su silla de ruedas, su guardaespaldas y la señorita a su lado. Me quedé frío, de una pieza. La señorita salió del ascensor y vino a mi encuentro.

—Gracias por venir. Aquí están su chaqueta y la mochila que dejó ayer —dijo la señorita con mucha naturalidad, en tono profesional.

—Gracias —dije con total desconcierto, sin saber qué hacer o qué más decir.

—El patrón quiere darle una vez más las gracias por su ayuda.

—¿Cómo está Relámpago?

—Relámpago y la señorita Iris volaron esta mañana muy temprano a México en un avión privado.

Con la voz muy bajita, casi suplicando, le dije a la señorita:

—¿Cómo puedo contactar a Iris?

La señorita me miró con incomodidad por lo impertinente de mi pregunta. Garraspeó y simplemente me dijo:

—Adiós, señor Cardoza, y buena suerte.

La señorita se dio media vuelta, y junto con el patrón y sus guardaespaldas dejaron el hotel y se subieron a la limosina que los esperaba. Esperé hasta que se fueron, y entonces yo también me fui. Quería gritar, llorar, que la tierra me comiera, quería olvidarme de la mexicanita y de todo lo que pasó. Pero no podía, deseaba estar con ella, besándola hasta el cansancio. Quería tanto, pero al mismo tiempo quería olvidarlo todo.

Caminé sin dirección, agotado, hecho trizas. Accedí a la primera entrada de metro que encontré. Tomé el primer metro que llegó a la estación. Me senté y me dejé llevar. Hice el esfuerzo de pensar en otra cosa, en mi clase de animación que tenía esa noche; en Alice, una irlandesa pelirroja que estudiaba conmigo y quería que la llevara a Perú. Pensé en el nuevo *software* que compré para mi computadora. Pensé en varias cosas para no pensar en la mexicanita, pero fue en vano, la mexicanita no se quería ir de mi cabeza. En ese momento me acordé de chequear si mi historieta *Santo contra los vampiros* estaba en mi mochila. Allí estaba. La saqué. La cogí en mis manos como si fuera mi único tesoro. Contemplé la carátula por unos instantes como buscando consuelo, como queriendo hundirme en la fantasía del Santo y el mundo del cachascán. Abrí la primera página y me llevé la sorpresa de mi vida: «Para mi amigo Pablo, con mucho afecto. El Hijo del Santo».

Leí y releí la dedicatoria una y otra vez, incrédulo y desconcertado, preguntándome cómo era posible. Repetí cada palabra escrita como si fuera un texto sagrado, hasta que mis labios se fueron torciendo con la emoción y no pude contener más el llanto. Entonces pensé en mi padre y su promesa: «Te prometo que algún día te llevaré a ver al Santo y le pediremos que firme tu historieta...».

EL GHOST WRITER

La noche fue larga en el *pub* Jude the Obscure.

La vigilia de tragos y tertulia fue instigada por la curiosidad de los estudiantes del Saint Anthony, ávidos por saber quiénes eran las personas famosas a las que yo les había escrito sus libros como *ghost writer.* Como no podía dar los nombres de los susodichos debido a cuestiones legales y cláusulas de confidencialidad en los contratos, simplemente me limitaba a dar algunos detalles para que ellos adivinasen quiénes eran las personas aludidas. Su curiosidad era insaciable. También su sed. Su generosidad interesada pagaba las rondas de tragos a condición de que yo siguiera contando más.

La noche comenzó con un par de actores de telenovela y sus memorias. Como siempre, empezamos con pintas del tradicional ale, que, a diferencia de la cerveza continental, no se toma helada, sino casi tibia. Nadie adivinó quiénes eran. Cuando estaba con los políticos y sus manifiestos de cómo construir un país más justo y desarrollado, el hígado ya gritaba auxilio. Entonces vinieron los tequilas para callar las protestas. Los estudiantes sugirieron varios nombres; solo uno era correcto. Al anunciar futbolistas famosos, el Ouzo y el vodka barato ya estaban en camino. Dicen que el alcohol nubla la razón, pero lo cierto es que esta vez todos acertaron con los nombres. Yo tan solo me reí a carcajadas sin confirmar nada.

Como es tradición en un pub inglés, antes de cerrar, Mick, el dueño, tocó la campana y anunció: «¡Última ronda! ¡Última ronda!». Este anuncio inevitablemente provocó una estampida de parroquianos al bar. En ese momento hice una pausa para ir al baño. Cuando regresé, la mesa estaba llena de vasos de todo tamaño y tragos de todo tipo. Los estudiantes eran precavidos. De pura alegría anuncié que contaría mis experiencias con escritores famosos. Los estudiantes respondieron con un grito ensordecedor. El viejo Mick sabía que cuando empezaba a contar historias de escritores famosos no tenía cuando acabar. Para no perder su licencia, el viejo sabio y astuto gritó: «¡Lock-in!». Encerrona. Nadie entra, nadie sale. A partir de ese momento, lo nuestro era una función privada que podía durar toda la noche. Mick puso el cartel de «cerrado» en la puerta, y en la mesa, un par de botellas de *single malt,* una cubeta de hielo y la cuenta.

—Me pagas mañana. No se olviden: el último en salir apaga las luces. Me voy a dormir.

Nadie se movió del pub, todos querían saber más detalles y adivinar quiénes eran estos escritores famosos de Latinoamérica que echaban mano de un ghost writer. Nadie adivinó quiénes eran, y esta vigilia, como tantas otras, terminó con los primeros crepúsculos de la mañana, cuando llegó el lechero. Noches como estas pasan factura en la mañana.

El despertador sonó y casi me rompió la cabeza. La migraña era tan fuerte que no podía ni abrir los ojos del dolor. Me levanté para ir al baño y sentí en todo mi cuerpo como si tuviera agujetas. Oriné algo que apestaba y se veía muy mal. Estaba deshidratado. Llené un vaso con agua y puse dos Alka-Seltzer. Mi cabeza estaba tan sensible que el ruido del burbujeo efervescente fue como una explosión. Pero nada se podía comparar al sonido de mi celular, que casi parte mi cabeza en dos. Alguien me estaba llamando. Miré la pantalla para ver si era mi madre o mi hermano. Era Claudia, mi agente. Tenía que contestar.

—¿Hola, guapo, cómo va la novela?

—Ahí, a paso lento —respondí con voz de resaca.

—Querido, si dedicaras más tiempo a tu novela en vez de bloguear tonterías ya habrías terminado hace tiempo.

—¿Pero qué dices?, si hace días que no escribo nada en mi blog…

—¿Sí? Y entonces, ¿quién escribió este *post* hoy día a las 5.45 de la mañana?: «Los estudiantes del Saint Anthony me preguntaron si alguna vez había sido un escritor fantasma para alguna escritora. Me tuve que morder la lengua para no decir nada y no meterme en problemas. ¡Claro que he hecho *ghost writing* para escritoras! Más de una, y debo añadir… ¡todas feministas!».

—¿Yo escribí eso?

—Así es, querido.

—Estaba tan intoxicado que ni me acuerdo.

—Bueno, querido, la novela tendrá que esperar. Tengo un gran trabajo para ti.

—¿Ghost writing?

—Así es. Y uno muy bueno.

—¿Quién es?

—Cariño, tú sabes muy bien que no te puedo decir estas cosas por teléfono. Escúchame bien. Esta noche sale un vuelo de Heathrow a Barcelona. Te hemos hecho una reservación. Al llegar a El Prat te estará esperando un chofer que te llevará a tu hotel.

—¿Cuál?

—El de siempre, cariño, el de siempre. Duerme bien. Nada de alcohol. A las diez de la mañana paso por ti. Y, por favor, vístete como para la ocasión, no como un adolescente.

—¿Cómo?

—Tú sabes a lo que me refiero, no *grunge* o *hippie,* nada de polos con mensajes irreverentes, vaqueros o zapatillas. Como un adulto de cuarenta años que va a una reunión de negocios. Ah, y ponte la corbata que te regalé.

—Te odio.

—Yo te quiero mucho. No vemos mañana.

—Chao.

—*Adeu.*

—Hola, guapo.

—Hola, muñeca. Como siempre, más joven y bella.

—Gracias, cariño, pero tengo que currar duro para pagar esta juventud y belleza.

Nos reímos.

—Por favor, al Princesa Sofía —ordenó Claudia al taxista.

Conocí a Claudia hace más de quince años, en la fiesta de cumpleaños de su prima Montse, en la cuidad de Oxford. Fue uno de esos encuentros fortuitos que cambian el curso de la vida.

Era la típica fiesta inglesa —no entiendo por qué, ya que la mayoría éramos latinos del Saint Anthony— donde todo el mundo habla pero nadie baila, a pesar de que la música se toca a todo volumen. Fiesta de cócteles, donde todos toman mojitos, pisco sour o caipiriña y conversan sobre la misma cosa: cómo cambiar Latinoamérica.

Cansado de escuchar esta misma cháchara, salí al jardín trasero en busca de aire fresco y soledad. Me senté en un banco de madera, respiré el aroma salpicado de jazmín, tomé un sorbo de mi cerveza helada, me relajé y me puse a pensar en las cosas que normalmente no pienso, cuando alguien me dijo:

—¿Tienes fuego? —preguntó la voz desde la oscuridad. Hice esfuerzos por ver si podía distinguir quién estaba allí, entre los arbustos, cerca de los árboles de manzana. Fue en vano.

—Lo siento, no fumo —respondí algo intrigado.

—Vale, no importa.

Saliendo de la oscuridad, una mujer elegante se dirigió al banco donde yo estaba sentado y se presentó.

—Hola, mi nombre es Claudia. —Se sentó a mi lado con una copa de vino blanco y un cigarrillo en la boca. Pasamos varios minutos en silencio hasta que me preguntó:

—¿Qué haces en Oxford?

Le conté que estaba cursando una maestría en economía, específicamente en programas de microcréditos en el altiplano de Bolivia. Me miró seria por unos segundos, se quitó el cigarrillo de la boca y entonces echó una carcajada, como si le hubiera

50

contando un gran chiste. Al principio me desconcertó, pero al final terminé riéndome con ella sin saber por qué.

—Suena interesante, pero…, joder, chico, ¿es eso lo que realmente quieres hacer por el resto de tu vida?

Su pregunta tocó nervio. Me dejó pensando. Por varios minutos no dije nada, y ella no insistió en una respuesta. El silencio se hacía largo y pesado. Al final opté por ser honesto con esa extraña sentada a mi lado.

—No. Para serte franco, no sé por qué estudio esto. La verdad es que me gustaría ser escritor —dije con una convicción que me tomó por sorpresa.

Esta vez Claudia no se rio, todo lo contrario, se puso muy seria. Se quitó el cigarrillo nuevamente de la boca y, mirándome de frente con intensidad, a los ojos, me preguntó:

—¿Has escrito algo?

—Sí, he escrito una novela muy mala que nadie quiere publicar.

Claudia aspiró el aire fresco con fragancia de jazmín y se puso el cigarrillo otra vez en la boca.

—Déjame leer tu manuscrito y ya te diré si es tan malo como dices.

«¡Qué arrogancia de esta tía! ¿Quién se habrá creído que es? ¿Miembro honoraria de la Real Academia?», pensé, pero no dije nada.

—¿De veras quieres leer mi manuscrito? ¿Por qué?

—Porque quizá estoy hablando con el próximo Javier Bello —dijo ella muy seria.

Me reí a carcajadas. Esta tía sí que me estaba tomando el pelo.

—Ya quisiera ser tan bueno como Bello —respondí entre risotadas.

—Déjame que yo sea la que juzgue.

—Aún no me has dicho por qué quieres leer mi manuscrito.

—Permíteme que me presente otra vez. Hola, mi nombre es Claudia Agramunt, agente literaria.

Me reí a carcajadas de nuevo, pero era de nervios, de gratitud, de alegría por esta casualidad. Pensé que quizá mi momento había llegado y me acordé de lo que siempre decía mi madre: «Cuando llega tu oportunidad, es como el viento que viene por ti y te lleva donde debes ir sin que nada ni nadie se interponga en tu camino…». El viento vino por mí esa noche, y se llamaba Claudia. Al día siguiente le dejé una copia de mi manuscrito en la recepción de su hotel, y tres semanas después me llamó.

—Me gusta tu novela. En general, está bien escrita. Es original y tienes un estilo muy personal; sin embargo, hay algunos cambios que tienes que hacer —con gran detalle y paciencia me explicó lo que debía cambiar. Tenía sentido. Antes de despedirnos, añadió con esa voz áspera y sensual de tanto cigarrillo—: Me gustaría representarte.

Y así fue. Con ella publiqué cuatro novelas. Dos ganaron premios regionales gracias a que Claudia conocía al jurado, en su mayoría excompañeros de la universidad. Mi última novela, titulada *Vino a recoger sus pasos,* ganó un premio nacional. Fue mérito propio. Gracias a esa novela, que se convirtió en un superventas, obtuve un contrato para escribir tres novelas más en los próximos seis años. Por un momento, sentí la pedantería de creer que mi lugar en el panteón de la literatura latinoamericana estaba asegurado. Lamentablemente, esa sensación no duró mucho cuando empecé a sentir el peso de las expectativas y la obligación de mi compromiso contractual. Escribir dejó de ser un placer y se convirtió en un trabajo tedioso. La quinta novela se convirtió en una tarea imposible. Cada vez que me llamaba Claudia para preguntar cómo progresaba la novela, siempre tenía una excusa. Pero, con el pasar del tiempo, las excusas se fueron acabando y lentamente yo me iba hundiendo en la depresión y el alcohol.

Un día Claudia me llamó para preguntarme si estaría interesado en el ghost writing.

—¿Qué es eso? —le pregunté.

Claudia me explicó al detalle qué era el ghost writing y me aconsejó que tomara el trabajo porque pagaba bien y porque necesitaba escribir otra vez. Le dije que no. Pero cuando me sermoneó durante media hora acepté el trabajo de mala gana. Mi primer encargo fueron las memorias de un actor de telenovelas mexicanas. El libro fue un superventas. El cliente estaba tan contento que incluso me regaló una foto autografiada que colgué en la pared de mi baño.

Como ghost writer he escrito varias novelas, ensayos, memorias, libros de cocina y autobiografías para clientes famosos en el mundo de las artes, el espectáculo, el deporte, la política y la literatura. Mucha gente no sabe que incluso escritores famosos, tan ocupados en *tours* que promueven sus libros y viajando de un festival a otro, no tienen el tiempo ni la energía para sentarse a escribir algo nuevo y original, algo con calidad literaria. Para cumplir sus obligaciones contractuales echan mano de un ghost writer como yo. Mi trabajo es básicamente escuchar, hacer preguntas, tomar notas, grabar las conversaciones, y, entonces, cuando tengo todo el material que necesito, me pongo a escribir. El libro, de alguna manera, tiene que llevar las marcas del autor, su personalidad. Es mi trabajo dar la ilusión de que el libro es «su» libro, y no un libro escrito por un ghost writer. Gracias a las cláusulas de confidencialidad en el contrato, que estoy obligado a firmar, mi nombre nunca aparece en los créditos. Nadie sabe que existo. Soy solo un fantasma.

Entramos al vestíbulo del hotel y la agente del escritor nos estaba esperando. Luego de los saludos formales entramos al ascensor, y la agente apretó el botón del piso donde íbamos. En silencio miramos cómo se prendían y apagaban los números hasta que llegamos al Club Suite Royal. Al abrirse la puerta del ascensor, el asesor legal del escritor nos dio la bienvenida.

—Pasen y tomen asiento. ¿Les apetece tomar algo?

—Agua mineral para mí, por favor —dijo Claudia.

—Para mí, un americano sin azúcar. Gracias.

La suite estaba decorada con la neutralidad de los colores blandos y suaves. Había canastas de flores por todos lados; algunas todavía llevaban las tarjetas de felicitación de las personas que las enviaron. La vista de la suite era impresionante. En un día despejado como ese se podía ver toda Barcelona. Claudia aún no me había dicho quién era el cliente. Elaboré una lista mental de posibles candidatos: algunos escritores, futbolistas y actores de telenovelas. Mientras repasaba mi lista, del dormitorio salió mi futuro cliente. Delante de nosotros estaba el escritor latinoamericano más laureado de su generación, el famoso escritor Javier Bello, y su segunda esposa, Cecilia. Claudia me dio una patada discreta en el tobillo para que disimulara mi asombro. Tuve que pellizcarme el brazo para estar seguro de que no lo estaba soñando, que era realidad. El licenciado hizo las presentaciones. Bello no se molestó en darnos la mano, simplemente dijo «hola». Su esposa, que estaba escribiendo algo en su iPhone, solo hizo una breve pausa para sonreírnos y volver de inmediato a lo suyo.

Obviamente, la reunión no era de su interés. A Claudia le irritó el desplante, pero se contuvo y puso su mejor sonrisa artificial. La petulancia de los Bello no me sorprendió. Javier tenía reputación de ser arrogante y vanidoso. Cuando la agente empezó a explicar en líneas generales el «proyecto», sentí la mirada inquisidora de Javier, que probablemente estaba tratando de discernir si podía confiar en mí. La desconfianza viene con la fama.

—Claudia, estamos encantados de poder trabajar con uno de tus mejores ghost writers. Conocemos muy bien su trabajo, y por eso se lo hemos recomendado a Javier —dijo la agente de Bello.

—Será un placer trabajar con Javier —añadió Claudia con ese encanto artificial que sabe usar tan bien.

—¡No, no, no! —interrumpió el licenciado—. ¡Aquí hay un malentendido! El proyecto es con Cecilia, no con Javier.

—No entiendo —dijo Claudia ofuscada.

—Cuando nos casamos —explicó Bello con desgano—, le prometí a Cecilia que la haría una escritora superventas. Mi fama ayuda, pero se necesita un buen producto.

Esa palabra, «producto», me dejó un mal sabor.

—Mi agente y el licenciado —añadió Bello— me aconsejaron que con los servicios de un buen ghost writer, la primera novela de Cecilia podría conseguir estos objetivos. Al principio, debo confesar, no me gustó

56

la idea, pero al final sus argumentos me persuadieron.

—¿Y qué piensa Cecilia? —preguntó Claudia.

La mujer de Bello ni se dio por enterada, su atención estaba puesta en su celular, donde tipeaba algo con rapidez y frenesí, moviendo su dedo de arriba abajo y de izquierda a derecha. Hubo un silencio incómodo mientras la pregunta flotaba en el aire sin ser respondida.

—Mi mujer está totalmente de acuerdo —finalmente dijo Bello—. ¿Verdad, cariño?

Su mujer levantó la cabeza para mirarnos y sonreír, luego asintió con la cabeza e inmediatamente volvió a lo suyo.

—Los dejo entonces en manos de mi agente y el licenciado para que hagan los arreglos finales —dijo Bello antes de dejar la suite con su esposa.

Tres semanas después recibí este mensaje de Claudia: «El próximo viernes, Cecilia Bello te estará esperando en el Randolph Hotel, en Oxford. Buena suerte». El lugar era ideal para mí, ya que estaba a solo diez minutos en bicicleta de mi departamento en el barrio de Jericó.

Llegué al hotel a la hora acordada, y la recepcionista polaca me dijo que me estaban esperando en la suite de ejecutivos. La asistenta de Cecilia abrió la puerta de la habitación y me invitó a pasar a una salita con un gran ventanal engalanado con bellas cortinas de damasco. Cecilia estaba sentada junto a la mesita, al lado del ventanal, tomando un té Earl Grey.

—Hola —dijo Cecilia algo nerviosa.

—Es un gusto verte otra vez.

—¿Desea tomar algo? —preguntó la asistente.

—No, gracias.

—Bueno, si desean algo, estoy en la otra habitación.

Al quedarnos solos, Cecilia me contó que Bello estaba en la feria del libro, en Frankfurt, y que ella se había pasado casi todo el día anterior haciendo compras en Harvey Nichols. Me preguntó si quería ver lo que había comprado. Decliné. Sugerí que sería mejor si empezábamos a trabajar. Puse mi grabadora en la mesita y saqué mi cuaderno de apuntes.

—Cuando quieras.

—No entiendo —dijo Cecilia algo desconcertada.

—Perdona. Quizá debería explicarte la forma en la que vamos a trabajar. Tú me cuentas la trama de tu novela, los personajes, el lugar o lugares donde ocurre, la época, etcétera. Yo tomo notas, hago preguntas y, cuando tengo material suficiente, me voy y escribo el primer borrador. Te lo mando, lo lees, haces correcciones, cambios, sugerencias, me lo envías, y con tus correcciones trabajo la versión final.

—Pero yo pensé que tu trabajo era escribir la novela —dijo Cecilia sorprendida y algo fastidiada.

—Mi trabajo es escribir tu novela. Es tuya y tiene que salir de ti. Yo solo te ayudaré a darle forma literaria.

Cecilia no se esperaba esto. En su mirada había confusión y pánico. Apagué la grabadora y nos miramos en silencio por un momento. Le pregunté si escribir la novela era idea suya. No dijo nada, estaba totalmente ausente, perdida sabe Dios dónde.

Le sugerí salir a tomar aire fresco y caminar. Asintió con la cabeza. Llamé a la asistente y le dije que íbamos a dar una vuelta por Oxford. Al salir a la calle, le pregunté si le gustaría ir al Museo Ashmolean, que estaba enfrente del hotel.

—El Ashmolean es el museo más antiguo del mundo, y su colección ecléctica lo hace una verdadera joya cultural —le dije tratando de venderle la idea. Me miró y, otra vez, simplemente asintió con la cabeza.

Entramos a este majestuoso edificio de arquitectura neoclásica y seguimos las direcciones. De salón en salón, a través de las colecciones caminamos sin decir nada, solo mirando las maravillas de la creación humana. Pude notar que poco a poco Cecilia se empezaba a relajar haciendo algún comentario o alguna pregunta. Luego de verlo casi todo, le sugerí ir a la a cafetería, en el sótano del museo. Pedí un café con leche para ella y un americano para mí.

—Me apetece un cigarrillo —dijo Cecilia mientras le ponía azúcar a su café.

—No sabía que fumabas.

Mi observación inocente le causó fastidio y me miró

con desdén, como si hubiera dicho algo indebido.

—Hay mucho que tú no sabes de mí.

—Es verdad. ¿Por qué no me cuentas algo de tu vida entonces? —pregunté de forma casual.

—¿Quieres que te cuente mi vida?

—Bueno... algo...

—¿Tu interés es personal o profesional? —dijo a la defensiva.

—De ambos tipos...

—¡Ja, ja, ja! No hay nada que contar... Tampoco sabría por dónde empezar...

—Por el principio, como comienzan todas las historias: «Había una vez...».

—Perdona, pero no creo que pueda contar algo de mi vida a un extraño.

—Bueno, siempre hay un a primera vez. Además, técnicamente ya no somos extraños, soy tu ghost writer.

—La verdad es que no estoy segura de si podría contar mi propia historia... ¿Patético, no?

—No eres la única. Hay mucha gente que no puede o no sabe cómo contar su propia historia. Mejor lo dejamos ahí.

—Perdóname, pero no es fácil...

—Lo entiendo.

—¿Nos reuniremos mañana? —preguntó Cecilia algo preocupada porque el día se había pasado sin hacer nada.

Por primera vez en mi vida sentía que no podía seguir con ese proyecto. Algo me decía que era mejor terminarlo allí, en ese momento.

—No —fue mi lacónica respuesta. Al ver su reacción, tuve que añadir—: No creo que este proyecto tenga futuro.

—¿No? Pero si…

—Mira, Cecilia —interrumpí—, el oficio del escritor es contar historias. Si no puedes contar tu propia historia, no creo que estés lista. Mi trabajo es darle forma a tus historias, pero no puedo escribirlas por ti. No es importante que me cuentes tu historia; sin embargo, es esencial que por lo menos te la puedas contar a ti misma. Tu historia personal es el alma de todas las demás historias que nacerán de ti. Tienes que ser dueña de tu historia, eso es lo más importante. No te preocupes, hablaré con mi agente para que se encargue de rescindir el contrato.

—Por favor, no, Javier se va a enojar conmigo. Tú no tienes idea de cómo se pone —en sus palabras sentí el miedo y la angustia que me movió la compasión.

—Muy bien. No haré nada por el momento. Mañana iré al hotel, a ver si podemos trabajar y sale algo.

—Gracias. No sabes cuánto te lo agradezco.

A la mañana siguiente fui al hotel, y en la recepción me dijeron que Cecilia se había marchado muy temprano en la mañana. Joder. Me sentí culpable. Me imaginé lo que Claudia me iba a decir y me preparé para su llamada. Esperé y esperé. Claudia no llamó. Pasaron dos semanas, y, una noche, cuando estaba escribiendo mi blog, sonó el celular. Miré la pantalla para ver si era mi madre o mi hermano; solo decía «internacional».

—¿Aló?

—Hola, soy Cecilia.

—Hola. ¿Qué pasó contigo?

—Perdona que me fuera así, a la loca, sin dejarte ni una nota ni nada. He pensado mucho en lo que me dijiste. En la importancia de ser dueña de mi propia historia. No tienes idea de lo que estas dos semanas han sido para mí. Cuando empecé a pensar en cómo me ha ido en la vida, comencé a sentir cosas que nunca había sentido antes. Lloré mucho. Grité. Rompí platos y espejos. Me sentí deprimida. Pero, irónicamente, también me encontré mejor. Tenías razón: no era la dueña de mi historia.

—¿Y ahora?

—Creo que estoy empezando a reclamarla.

—Me parece muy bien.

—Me gustaría que vinieras a Miami y empezáramos a trabajar en el proyecto.

—¿Has hablado de esto con Javier?

—Sí, y él ha hablado con tu agente.

—Muy bien. Entonces te veré en una semana.

—¡Excelente!

—Adiós.

—Me gusta leer tu blog… Chao.

El mismo chofer que me recogió del aeropuerto la noche anterior me llevó a la casa de los Bello, en el afluente barrio de Coconut Grove, uno de los más antiguos y exclusivos de Miami. En la puerta de la mansión nos esperaba Cecilia, descalza, con unas gafas de sol inmensas de Dolce & Gabbana. Llevaba un vestido de lino muy corto y sin mangas. Su bronceado contrastaba con sus cabellos dorados, que los llevaba sujetos con una vincha blanca, como Alicia en el país de las maravillas.

—Bienvenido a la residencia de los Bello —dijo muy animada dándome un beso en cada mejilla.

La casa estaba equipada con muebles de diseño y decorada con muchos objetos finos y artesanía de todas partes del mundo. En la pared colgaban varias litografías de Salvador Dalí, sin su firma, y pinturas de Fernando de Szyszlo. Cecilia me guio al jardín trasero, que terminaba en el mar. Allí nos sentamos al lado de la enorme piscina.

—¿Qué te apetece tomar?

—¿Qué tienes?

—Lo que quieras… ¿Qué tal un pisco sour?

—Por qué no. Un pisco sour.

—¡Jimena! —gritó Cecilia con esa voz educada por monjas—, ¿nos preparas una jarra de pisco sour, por favor?

—¡Muy bien, señora! —gritó Jimena desde la cocina con su acento centroamericano.

Esta era otra Cecilia. Totalmente diferente a la Cecilia que conocí en Barcelona o vi en Oxford. Se la veía con un buen talante, del todo relajada y comunicativa. Me contó lo que había estado haciendo y pensando. También me contó cómo su terapista la había ayudado en estas dos semanas tan difíciles. En medio de la conversación, Javier Bello y otra persona salieron de su oficina, que también daba al jardín trasero. Cecilia me murmuró algo muy despacito, pero no pude entender lo que dijo. Bello se acercó a nuestra mesa sin su acompañante, que se quedó parado al otro lado de la piscina.

—Me alegro de que estén trabajando —dijo Bello con sarcasmo y sin decir hola. Lo miré y me reí. Quizá fue el pisco sour, o sabe Dios qué. Cecilia, contagiada por mi risa, también se puso a reír, y ambos nos reímos a carcajadas como tontos, como si el comentario de Javier Bello fuera algo gracioso. Quizá lo fue. Gracioso, irrelevante e inoportuno.

—Muy bien. Los dejo para que sigan trabajando —dijo irritado, y se fue con su acompañante.

Nos reímos más. Cuando paramos de reírnos, Cecilia me contó que el otro tipo se llamaba Carlos y era su ghost writer.

—¿Bello tiene un ghost writer? ¡Increíble!

—exclamé.

Desde que publicó su última novela hace tres años, Bello no había escrito nada. Al parecer, él y yo teníamos algo en común: ambos estábamos pasando por un periodo de bloqueo creativo. Saqué mi cuaderno de notas y mi pequeña grabadora y le dije a Cecilia que me contara lo que había pensado para la novela.

—¿Por qué no me cuentas algo de ti? —dijo con tono de niña traviesa.

—¿Qué?

—Si vamos a trabajar juntos, me gustaría saber algo de ti.

No sabía si bromeaba o si hablaba en serio. Cuando insistió, no pude negarme.

—Por favor, de verdad me gustaría saber algo más de ti…

—Muy bien, pero necesitaremos otra jarra de pisco sour.

—¡Jimena...!

Le conté, a grandes rasgos, algunos aspectos de mi vida. Cecilia me interrumpió varias veces para que fuera más específico o le diera más detalles. En varias ocasiones le tuve que decir que no era necesario entrar en detalles. Así se pasó la tarde. Hablando de mí y tomando pisco sour. Así fue nuestro primer día de trabajo en Miami. Cansado de tanto hablar y algo picado de tanto cóctel, le sugerí a Cecilia que sería mejor parar allí.

—Mañana empezaremos temprano, y esta vez tú me contarás tu novela. ¿De acuerdo?

—De acuerdo —dijo Cecilia con una sonrisa de satisfacción.

Esa noche dormí como un niño.

Estaba en el vestíbulo del hotel esperando al chofer cuando se apareció Cecilia, radiante, con una sonrisa inmensa, sin zapatos y vistiendo un *sarong* azul con flores amarillas.

—Tengo una sorpresa para ti —dijo ella con mucha picardía.

No pregunté cuál era la sorpresa, solo le seguí la corriente. Condujimos hasta el muelle y allí abordamos el pequeño yate de los Bello.

—Me imagino que sabes cómo gobernar esto, ¿no?

—Sí, aprendí de niña con mi padre, en Santa María.

Juntos desempacamos en la cabina del bote los contenedores que Jimena había preparado con fruta, comida y todo tipo de bebidas.

—¿Planeas un viaje largo? —pregunté al ver todas las provisiones que desempacábamos.

—Ya verás.

Navegamos mar adentro hasta que la silueta de Miami despareció en el horizonte.

—Este es el lugar perfecto —dijo Cecilia apagando el motor—. Aquí paramos y echamos el ancla.

El lugar estaba en medio de la nada. Entre el azul del cielo y el mar.

—¿Qué te parece si tomamos algo?

—Agua mineral para mí, por favor.

—Muy bien.

Cecilia entró en la cabina, y a los minutos se apareció con una botella de agua mineral y otra de Lambrusco. Sirvió el agua en un vaso con hielo y una rodaja de limón. Y ella se sirvió el Lambrusco burbujeante en una copa de cristal. Mientras catábamos nuestras bebidas, nos llenamos de la belleza y tranquilidad del mar azul y el cielo.

Puse mi grabadora en la mesita y saqué mi cuaderno de apuntes.

—Bueno, soy todo oídos.

Cecilia me contó la trama de su novela.

—Es una historia de amor de dos adolescentes que se conocieron en el colegio. Se enamoraron, pero el destino cruel los separó.

Era un buen comienzo. Sonaba algo cliché, pero no quise apresurarme a juzgar hasta que me contara más detalles.

—Muy bien. Cuéntame más.

—Alicia y Marko se conocieron en el colegio. Marko era el hijo único de un diplomático que trabajaba en la embajada de Yugoslavia en Lima, y su madre era una profesora de Sociología a la que le gustaba dividir su tiempo entre Lima y la Universidad de Georgetown. Cuando...

Los detalles del romance y los personajes eran bastante creíbles. Las diferencias culturales a las que Cecilia hacía referencia tenían cierta resonancia de verdad y creaban una tensión interesante, al igual que la fiesta de promoción, donde la pareja por primera vez se rendía a la pasión de la carne y se juraba amor eterno. Cecilia contaba la historia como si estuviera en trance, sin parar, describiendo cada momento, cada detalle con bastante ternura e imaginación.

—El idilio de este amor no duró mucho. La familia tuvo que regresar a Yugoslavia cuando el país descendió al infierno de la guerra civil. Pasaron penurias..., muchas penurias... A partir de ahí, la historia descendió a un purgatorio de sufrimiento y desesperación humana. Las cosas se complicaron cuando la regla no le vino. Alicia se alarmó. Sus temores se confirmaron semanas después: estaba embarazada. Solo tenía diecisiete años. Trató desesperadamente de comunicarse con Marko, pero fue en vano. Cuando Alicia se lo contó a sus padres, ellos tomaron la decisión por ella. Harían un corto viaje a Estados Unidos para que ella practicara un aborto. Fue rápido y traumático —dijo Cecilia, y se quedó callada con la mirada perdida en la nada, el cuerpo encogido e inanimado, como si estuviera ausente de este mundo.

De pronto, Cecilia se llevó las manos al rostro y se puso a llorar. Lloró y lloró como si quisiera crear su propio mar de lágrimas. Lloró y lloró… Apagué la grabadora y la dejé llorar hasta que se quedó sin más lágrimas. Cuando se calmó, le alcancé mi pañuelo y un vaso de agua. Me contó que su novela estaba basada en su propia vida. Marko era una persona real. Marko Blum, su enamorado, el padre de su hijo que no nació.

El padre y la madre de Marko también eran reales. El doctor Emerick Blum era un diplomático yugoslavo que trabajó en el Perú por muchos años; y su madre, la doctora Marina Blum, era una catedrática de Sociología en la Universidad de Georgetown, en Washington D. C. El destino que los separó también fue un evento real: la guerra civil en los Balcanes. La embajada yugoslava cesó de funcionar, lo cual obligó a la familia Blum a retornar a su país. Al empeorar la crisis, todos los aspectos de la vida se quebrantaron y la comunicación se hizo casi imposible. La última vez que hablaron fue breve, y Marko prometió a Cecilia que volvería a Perú tan pronto la guerra terminara. La guerra se hizo eterna, con sus campos de concentración, el genocidio y la limpieza étnica. Gracias al comité de ayuda a los judíos bosnios, cerca de dos mil familias fueron evacuadas a Israel. Entre ellas estaban los Blum, una antigua familia judía de Sarajevo. Marko se quedó para defender Sarajevo peleando en las filas de la milicia bosnia.

Cecilia me dijo que trató desesperadamente, por todos los medios, de comunicarse con los Blum. Pero fue inútil.

—Jamás volví a saber de ellos —dijo Cecilia con la voz cargada de tristeza—. A veces pienso en Marko y me pregunto qué será de su vida. ¿Se habrá casado? ¿Tendrá familia? Tantas preguntas…

—¿Fue Marko tu primer amor?

—Sí.

No quise hacer más preguntas. Nos sentamos en silencio a mirar cómo descendía el sol en el océano. No había necesidad de decir nada más. Lo que me había contado Cecilia tenía todo el drama para ser una gran novela. Una gran historia de amor y tragedia. Tomé otra botella de Lambrusco de la cabina y llené su copa y mi vaso. No había nada ni nadie alrededor nuestro, pero no estábamos solos. La luna y el universo de estrellas nos hacían compañía; el mar tranquilo y sereno. Era el lugar ideal para calmar el alma luego de un día tan intenso como ese.

—¿Siempre quisiste ser escritor? —preguntó Cecilia rompiendo el silencio.

—No. Yo quería ser pintor.

—¿Pintor?

—Así es, pintor, como Jean-Michel Basquiat.

—¿Y qué pasó?

—No lo sé… Cosas de la vida…

—¿Y tú? ¿Siempre quisiste ser escritora?

—No. Yo solo quería ser Miss Playa. —Nos reímos juntos con el mar y el cielo—. ¿Alguna vez pensaste en casarte?

—Sí, claro, varias veces, pero nunca encontré el momento o la persona indicada.

—Tonterías, lo que pasa es que tienes miedo de perder tu libertad —dijo Cecilia dibujando unas comillas en el aire.

—Quizá tengas razón.

Nos quedamos un rato más, tomando Lambrusco, hablando de todo y nada.

—Estoy cansada. Me voy a dormir.

—Si no te importa, me quedaré aquí en la borda, mirando el infinito hasta que me quede dormido.

—Eres un romántico.

Cecilia se fue a la cabina y volvió con un colchón, un par de almohadas y unas frazadas.

—No quiero que mañana amanezcas con dolor de espalda.

—Gracias.

—Buenas noches, Casper.

—¿Casper? ¿Quién es Casper?

—Mi fantasma amigo…

—Buenas noches, Miss Playa.

Cuando volví a Oxford llamé a Claudia y le pregunté si sería posible viajar a Sarajevo. «¿Para qué?», preguntó. Le expliqué que era importante que pudiera conocer Sarajevo. Me dijo que consultaría con el cliente si estaba dispuesto a pagar por los gastos. A la semana me llegaron los boletos del viaje y las reservaciones del hotel.

Llegué al aeropuerto de Butmir, en Sarajevo, un lunes por la tarde. Fue un largo viaje con varias conexiones.

—Bienvenido a Sarajevo —fue lo primero que me dijo la doctora Leijla Simmons en su perfecto español.

Estaba acompañada de su asistente Katja. La doctora Simmons era profesora de Literatura Romance en la Universidad de Sarajevo. También era una escritora reconocida por sus novelas y poesía, y amiga y cliente de Claudia.

Mientras confirmaban mi reservación en el vestíbulo del hotel, la doctora Simmons me dijo:

—Mañana, Katja vendrá a recogerte y te llevará a varios sitios de interés de la ciudad. Si tienes algún lugar donde te gustaría ir, por favor, se lo dices a ella.

—Gracias, doctora Simmons.

—Por favor, nada de formalidades. Llámame Leijla.

—Leijla, me gustaría pedirte un gran favor.

—Dime.

—Me gustaría ubicar a una familia de Sarajevo llamada Blum. El doctor Emerick Blum fue diplomático en Perú entre 1981 y 1992, cuando regresaron a

Sarajevo. Su esposa, la doctora Marina Blum, fue profesora de Sociología en Georgetown. La pareja solo tenía un hijo llamado Marko. ¿Tú crees que los puedes hallar?

—No lo sé. El nombre me suena familiar. Déjalo de mi parte.

—Gracias, no sabes lo importante que sería para la novela que estoy escribiendo si pudiera ubicarlos.

—Lo entiendo. Haré todo lo posible por tratar de encontrarlos.

Al día siguiente, Katja vino a recogerme al hotel, y el primer lugar que me llevó a conocer fue Baščaršija, la parte antigua de Sarajevo. Dejamos el carro y fuimos a caminar por las calles angostas y empedradas. Al pasar por la mezquita de Gazi Husrev-beg, me preguntó si me gustaría entrar. Le dije que, claro, por qué no. Ella se quedó en la puerta y me mostró en un pequeño mapa dónde ir. De allí fuimos a la antigua Casa de Svrzo y luego a tomar un café. La acomedida asistente me sugirió que visitáramos el Markale. Este mercado fue el trágico escenario de dos masacres en 1994 y 1995. Cuando llegamos al mercado, su semblante cambió, desfigurándose de rabia y dolor hasta que rompió en llanto. Después de calmarse, me contó que su madre y su hermana murieron allí en la segunda explosión. Volvimos al carro y fuimos a dar un recorrido por lo que fue la villa olímpica de los Juegos de Invierno de

Sarajevo en el año 1984. El lugar era desolador. Lo que alguna vez fueron fantásticas instalaciones deportivas, ahora solo eran ruinas abandonadas a su propia suerte.

Durante nuestro recorrido por la ciudad, me di tiempo para tomar varios apuntes en mi cuaderno de notas y tirar cientos de fotografías. Cuando Katja me dejó en el hotel, estaba exhausto, física y emocionalmente. Tomé una ducha y me eché a descansar hasta la hora de la cena. La doctora Simmons me vino a recoger y me llevó a un restaurante de comida tradicional, muy cerca de la mezquita de Gazi Husrev-beg. Luego de contarle los sitios que visité y mis impresiones, la doctora Simmons fue al grano.

—He ubicado al doctor Blum —dijo sin mucho preámbulo—. Vive en Mostar. Lo he llamado y he arreglado una visita para mañana. Mi asistente te recogerá en el hotel, te llevará a su casa y luego te dejará en tu hotel.

No sé por qué, pero la noticia me llenó de profunda emoción. Pensé en Cecilia. En su historia. En saber al fin, después de tantos años, qué pasó con los Blum, en especial con Marko.

—Gracias —dije.

La doctora Simmons me tomó la mano y dijo:

—Ojalá encuentres lo que estás buscando.

Esa noche no pude dormir pensando en todas las preguntas que les quería hacer. Pensé en llamar a Cecilia con la noticia. Sin embargo, decidí que era mejor esperar.

Llegamos a Mostar con una hora y media de anticipación. Le pedí a Katja si podía llevarme al Stari Most, el famoso puente sobre el río Neretva, en el casco antiguo de la ciudad. Cuando llegamos allí, ella me dijo que se quedaría en el carro esperando. Recorrí el puente una y otra vez. Acaricié las piedras. Me detuve en el medio y, desde la parte más elevada del arco, miré el río por ambos lados. Estaba turbulento. Imaginé el día en que los croatas volaron ese monumento en un acto de vandalismo y crueldad. Necesitaron sesenta bombas para destruir 427 años de vida. Fue un 9 de noviembre de 1993. Imaginé la ira y el miedo de los habitantes de Mostar. Traté de imaginar el horror de ver el símbolo y orgullo de su ciudad ser dinamitado por pura maldad. Este puente no tenía un objetivo militar, pero destruirlo era destruir la cultura de esta gente. Su memoria. El lugar emanaba melancolía. Sus piedras habían llorado mucho, y todo el lamento del pueblo vivía en esas piedras que tomaban la forma de un puente. Volví al carro, y la asistente me llevó a la casa de la familia Blum.

No había timbre, solo una antigua manija de metal con forma de mano. Toqué y esperé. La puerta se abrió, y un anciano diminuto y de apariencia frágil dijo en perfecto español:

—Tú debes de ser el escritor peruano.

—Así es.

Me hizo pasar a la sala. Me ofreció café. Luego de varios minutos se apareció nuevamente en la sala con dos tazas de cafés bien cargados y muy dulces. De inmediato, nos pusimos a conversar sobre su tiempo en Perú, sus recuerdos de Lima y el país que recorrió a lo largo y ancho con su hijo Marko y su esposa Marina.

Me contó que su esposa había fallecido hacía cinco años. Le pregunté si recordaba a Cecilia. Solo con mencionar el nombre, sus ojos se iluminaron.

—Sí. La pequeña muñeca. La novia de mi Marko —hizo una pausa, como si tratara de encontrarla en su memoria—. Esa jovencita fue el único amor de mi hijo. Él le escribió cartas todos los días, incluso cuando vivía en la clandestinidad peleando con la resistencia. Escribió tanto mi pobre hijo… Quizá para no perder la moral y seguir viviendo. Tal vez escribir cartas a esta muchachita fue la única felicidad que tuvo en esos años tan sombríos y brutales de la guerra… La doctora Simmons me contó que estabas escribiendo un libro con ella.

—Así es.

—¿En el libro nos menciona a nosotros?

—Sí. Aunque los nombres están cambiados. Pero no el de Marko —el anciano no dijo nada, simplemente sorbió más de su café—. ¿Doctor Blum, le molesta que Cecilia use su historia para su novela?

—No.

Su no tuvo eco, fue largo y le llevó tiempo en fundirse con el silencio.

—¿Y dónde está Marko? —pregunté, casi intuyendo la respuesta.

—En el cielo. Si tú crees en esas cosas —dijo el doctor Blum, y se quedó callado por un momento, mirando la nada, o quizá mirando el pasado—. Marko fue capturado por el ejército serbio. Lo llevaron a un campo de concentración. Lo torturaron y luego lo fusilaron junto con otros compañeros milicianos. Al final de la guerra lo buscamos desesperadamente. Pero nadie nos dio ninguna respuesta sobre él. Amigos de mi esposa de la administración americana en Washington intervinieron presionando para que nos dijeran lo que pasó. Al final, solo encontraron sus pertenencias: un diario y las cartas que escribió a Cecilia.

Me lo contó con naturalidad, con tristeza y resignación. Sus palabras se ahogaron en la pena, pero en ningún momento se le quebró la voz. Me mostró un álbum con fotografías de su tiempo en Perú. Las había de la familia en diferentes celebraciones, de los muchos viajes que hicieron recorriendo el Perú, y también había varias páginas con fotos de Marko y Cecilia. Le pregunté si me dejaría fotografiar las imágenes de Marko y Cecilia.

—No, para nada, te doy el original —dijo el anciano, y con su mano temblorosa levantó la lámina transparente que protegía las fotos. Con mucho cuidado despegó una foto de ellos en Santa María, y un retrato de Marko con los cabellos rubios bien peinados, camisa blanca, corbata y una americana de *tweed* inglés color marrón.

—Ese saco de tweed se lo mandamos hacer unos meses antes de volver a Yugoslavia. Era de alpaca pura.

—¿Estas fotos son para la muñeca?

—Sí.

—¿Sigue igual de hermosa?

—Sí.

—Yo siempre le dije que debería ser Miss Playa.

Seguimos hablando por un par de horas más. Tenía todo lo que necesitaba. Cuando estaba en la puerta para despedirme, me dijo:

—Espera un momento. —El anciano fue a su habitación y vino con una bolsa de cuero—. Por favor, dale esto a la muñeca. Son las cartas que Marko escribió y nunca pudo enviar.

—Así lo haré.

Volví a Oxford y trabajé durante dos meses sin parar hasta que terminé el primer borrador. Estaba muy contento con el resultado. Coloqué en un sobre de manila el manuscrito, que guardé en una tarjeta de almacenamiento junto con las dos fotos, las cartas de

Marko y una larga nota en la que le contaba de mi encuentro con el doctor Blum. Cecilia no sabía nada de esto. Todo era una sorpresa.

A las dos semanas, me llegó por mensajería un sobre que contenía el borrador de la novela con varias anotaciones y cambios. El más significativo era el del narrador. Ya no era Alicia la que contaba la historia en primera persona, sino un narrador en tercera persona. Quien firmaba los cambios en la última página era Javier Bello. Grité vituperios. Llamé a Cecilia de inmediato para discutir con ella los cambios que Bello estaba exigiendo. Fue en vano. Dejé miles de mensajes en su celular. Incluso llamé a la casa y hablé con Jimena. Dio igual, jamás respondió.

Llamé a Claudia para protestar por lo que me parecía era una injerencia de Bello en la novela de su mujer. Claudia me recordó que el contrato era con él, no con ella.

—Lo siento, guapo, pero no hay nada que puedas hacer. Debes cambiar lo que te ha pedido porque el adelanto que nos dio ya lo gastamos.

Tiré el manuscrito y me fui al Jude the Obscure.

Unos días después, y a regañadientes, hice los cambios que Bello me pidió y le mandé la versión final en una tarjeta por mensajería. No volví a escuchar de Cecilia o de Bello.

Pasaron ocho meses, cuando mi celular me despertó

a eso de las tres de la madrugada. Miré la pantalla, y no era ni mi madre ni mi hermano. Tampoco era Claudia. No había número, solo decía «internacional».

—¿Aló?

—¿Casper? Soy yo, Cecilia —no sabía si gritarle o simplemente colgar. No hice ni dije nada—. Perdona que no pudiera responder tus llamadas, mensajes y textos. Algún día te contaré qué pasó.

—No necesitas explicarme nada —dije con voz muy cortante.

—Por favor, no te pongas así. Te llamo para contarte que tu maravillosa novela será publicada la próxima semana.

—Felicitaciones. Ya eres una escritora publicada.

—La novela será publicada con el nombre de Javier.

—¿Quééééé? Pero si…

—Sus editores no estaban dispuestos a esperar más tiempo.

—¡Tu marido es un gran pendejo! ¡El desgraciado te robó tu novela! Lo siento por ti…

—No te preocupes.

—Todo es tan irónico. ¿Quién se hubiera imaginado que yo sería el ghost writer del gran Javier Bello?

—Gracias por enviarme las fotos y cartas de Marko.

—De nada.

De pronto, como si necesitara explicarme por qué nunca me devolvió las llamadas o los mensajes, empezó a balbucir algo entre sollozos.

—¿Qué te pasa?

—Tomé una sobredosis. Felizmente, Jimena me encontró y me llevaron al hospital a tiempo. Estaba tan mal que me internaron en una clínica privada y me aislaron. La muerte de Marko me rompió por dentro… No sabes cuánto dolor he tenido adentro de mí, pudriéndose con el tiempo, haciéndome tan infeliz…

—No tenía idea. ¿Y cómo te sientes ahora?

—Mucho mejor…, mucho mejor.

—Me alegra saber que estás mejor.

—No sabes cuánto te agradezco que fueras a Sarajevo.

—Lo hice por la historia… Bueno, también por ti.

—Adiós, Casper —dijo con una risita traviesa.

—Adiós, Miss Playa.

Me quedé en la cama y dormí todo el día. En la noche me levanté y me vestí. Imprimí una copia de mi novela inconclusa y me fui al pub. El viejo Mick me recibió con la misma pregunta.

—¿Qué te tomas?

—Un agua mineral —dije, y me fui al patio trasero del pub.

La mayoría de las mesas estaban vacías, con excepción de tres fumadores, que por el vicio tomaban y fumaban al fresco, a pesar del frío. En el medio del patio había un gran cilindro cortado por la mitad, donde una fogata bien animada proveía algo de luz y calor a los parroquianos. Me detuve frente al fuego y sentí el calor en mi cara y mi cuerpo; miré cómo ardían los troncos con furia, azuzados por el viento discreto de la noche. Saqué el manuscrito del bolsillo de mi abrigo. Leí el título con solemnidad, como si fuera un tributo final en un ritual funerario. Sentí el peso de los miles de palabras escritas. Le di una ojeada final y lo tiré al fuego. Las llamas se encargaron de que cada página, cada palabra, cada oración, cada capítulo de esa novela que no quiso ser ni jamás será, se convirtieran en mariposas de ceniza que se fueron disolviendo en el aire.

Volví al pub y tomé mi agua mineral. Chupé el limón. Sentí gusto agrio. Me removió todo el cuerpo.

—Hasta mañana, Mick.

Volví a mi departamento. Prendí mi computadora portátil. Creé un nuevo documento en Word. Miré la pantalla en blanco. Respiré hondo, porque sabía que iba a permanecer en este escritorio, en esta habitación, hasta que hubiera terminado la historia que me tenía poseído. Respiré profundo otra vez y tecleé la primera oración: «La noche fue larga en el pub Jude the Obscure».

PALITO

La Rambla de Barcelona es un poema urbano que no se lee. Solo se camina. Y caminantes hay muchos y la procesión es larga porque vienen de todas partes como peregrinos laicos a dejar huella en este paseo peatonal.

Todos los días pasa por esta travesía una torrentera de humanidad cuando alguna vez solo pasaron las malas aguas.

La Rambla de Barcelona es un milagro social.

Esta calzada ecuménica no hace distinción. Aquí comulgan todas las sangres, todas las lenguas, todas las vidas. Buenos y malos, turistas y parroquianos, vagos y curiosos, ricos y pobres, ajenos y extraños, artistas y artesanos, músicos y cantantes, carteristas y policías, magos y mendigos, putas y alcahuetes, palabreros y ambulantes.

La Rambla de Barcelona es una Babel horizontal con varios nombres y distintas personalidades. A cada tramo, el ambiente cambia y la bienvenida es distinta.

En las Canaletas te espera una fuente de agua emblemática. Aquí los culés celebran las victorias del Barça y, según dice una leyenda, el visitante que beba de estas aguas algún día volverá a esta ciudad. En el tramo de los Estudios, los quioscos con pájaros exóticos cantan y te dan la bienvenida. En San José es el aroma y el color de las flores quien te recibe en sus brazos de fragancia, siempre bajo la mirada atenta del antiguo mercado de la Boquería y la indiferencia del palacio de la Virreina, lugar que vio mejores días cuando fue la residencia de la esposa de un virrey del Alto Perú. Al llegar a la plaza de la Boquería, los pies tocan la belleza de Miró; su arte de colores primarios y formas orgánicas, que solo él podía crear, bendicen al caminante. En la zona de los Capuchinos se escuchan las voces de la ópera trascendiendo las paredes del Gran Teatro del Liceo, mientras los faroles diseñados por Gaudí te invitan a entrar a la plaza Real. Y así, sin darte cuenta, Santa Mónica y la memoria de los agustinos descalzos te van diciendo adiós. Es el tramo final, y a lo lejos Colón, quien se tropezó con América, te espera en su columna apuntando al mar.

La Rambla es el camino de los árboles. El primer lugar público en ser arbolado con chopos y olmos. Estos monumentos vivos ofrecen un hilo de ritmo y continuidad marcando el paso de esta alameda única, bordeada de importantes edificios históricos, comercios, hoteles, museos y restaurantes. Esta rambla hay que caminarla para conocerla, para sentirla y poder entender por qué el poeta Lorca la imaginó «calle eterna».

Esta es la rambla que soñé caminar de la mano de Beatriz en nuestra luna de miel. Lamentablemente, no hubo luna de miel, ni tampoco boda, porque sin explicación alguna Beatriz me dejó plantado en el altar. Fue un acto cruel. «Pobre Orlandito, estas heridas del corazón dejan huellas profundas y no se curan fácilmente», dijo mi madre. «Qué dices, mujer, el tiempo y la distancia curan las heridas del corazón», dijo mi padre. Mi padre manda. Por esta razón me enviaron a Barcelona a estudiar, para que me olvidara y me curara de las heridas del corazón.

Llegué a Barcelona una madrugada. El taxi me llevó del aeropuerto de El Prat a la pensión donde me iba a alojar, en la calle de la Caponata, en el barrio Sarrià. Doña Mayte, la dueña de la pensión, me dio la bienvenida, me explicó la rutina y me mostró mi habitación. El cuarto era amplio, limpio y bien iluminado. No desempaqué, solo cerré las cortinas y me eché en la cama sin desvestirme. Dormí un par de horas hasta que la alarma me despertó. Me levanté, me duché y, después del desayuno, salí a buscar la Rambla. Con mi mapa en la mano seguí la ruta que me había trazado hasta la Diagonal, donde tomaría el metro con dirección a la estación Liceo, en la Rambla.

Había dormido muy poco, pero estaba más despierto que nunca porque todo era nuevo para mí. El aire mediterráneo, húmedo y salado. El sol que brillaba pero no calentaba; sol de abril. La arquitectura ecléctica y caprichosa. La gente apurada e indiferente, de hablar distinto. Los ancianos y vecinos jugando a las bochas como críos. Niños correteando como perros y gatos, sin cuidado y sin que nada les preocupara. Tráfico embotellado, enjambres de autos, motos y taxis color avispa. Caminé las calles nuevas, mirándolo todo, absorbiéndolo todo con atención y curiosidad. Embelesado de tanta novedad, me olvidé de mi mapa y me dejé llevar por el viento, los sonidos y los colores. Dejé que mi intuición siguiera los pasos que otros caminaron.

Me perdí. Gracias a mi mapa encontré otra vez mi camino a la Diagonal. Allí tomé la línea L3 del metro. Pasé dos estaciones y me bajé en el Liceo. A la salida del metro estaba la Rambla esperándome. Respiré profundo y subí las escaleras. Apenas salí me topé con un caudal humano que iba embistiendo distraído. Me tomó por sorpresa. Desorientado y sin saber qué dirección tomar, solamente atiné a apoyarme en la barandilla de la salida del metro. Me paré allí por un momento. ¿Dónde estaba la plaza de Cataluña? ¿Y el monumento de Colón? Saqué mi mapa y lo estudié con atención. Miré una vez más el vendaval humano. Miré de izquierda a derecha, de derecha a izquierda, de arriba abajo. Miré otra vez mi mapa y…

—¿Una pulsera para la novia? —me interrumpió el ambulante que estaba apostado al lado mío con su mesa plegable de bisutería.

Su pregunta me pareció inoportuna, fuera de lugar. ¿Acaso no se había dado cuenta de que estaba con mi mapa tratando de orientarme?

—Gracias. No tengo novia —dije con voz cortante, y volví al mapa. Pero fue igual. Ese hombre delgado y diminuto no se dejó amilanar y volvió a insistir.

—Entonces, ¿un collar para la hermana? —dijo con esa voz zalamera, cantando más que hablando, porque su hablar era como si cantara.

—Gracias, pero no tengo hermana.

—¿Unos aretitos para alguna amiga, entonces?

—No tengo amigas ni amigos —dije irritado, perdiendo la paciencia—. En verdad no conozco a nadie en esta ciudad…

—Aaaahhhh, ¿eres nuevo? ¿Estás perdido?

—Bueno…

—Aaaahhhh… Ese acento —interrumpió el hombrecillo—. Déjame ver… Eres sudaca, ¿no?

—¿Sudaca? —repetí haciendo un gesto de disgusto—. Me dijeron que «sudaca» es un adjetivo peyorativo que ya nadie usa.

—¡Ja, ja, ja! ¡Ja, ja, ja! Amigo, no sé qué es el *ajetivo llorativo,* pero igual nomás la gente sigue llamando sudacas a los sudamericanos.

—¡Ja, ja, ja! ¡Ja, ja, ja! —Me dio risa su observación. Risa y tristeza.

—¿De dónde eres, amigo?

—Soy chileno.

—Aaahhh… ¡Rotito, entonces!

Me hizo gracia lo de «rotito». Nos reímos juntos.

—Y tú, ¿de dónde eres? —le pregunté mientras miraba su bisutería.

—Soy colombiano, de Yarumal.

—¿Hace cuánto tiempo que vives aquí?

—Demasiado tiempo, amigo. Demasiado tiempo… ¿Qué te trae a esta ciudad?

—He venido a hacer una maestría en diseño.

—¡Ah!, muy bien, una maestría… ¿Y cuál es tu nombre?

—Orlando.

—Mucho gusto, Orlando —me cantó el hombrecito, dándome un fuerte apretón de mano—. Yo soy Jaro Maturana, pero puedes llamarme Paisita, como todo el mundo. Y este es mi poste —dijo poniendo su brazo alrededor del poste del metro—. ¿Ves la eme mayúscula? Es la eme de Maturana.

Me dio mucha risa su vivacidad. Así fue como conocí al Paisita, gracias a la casualidad, en la Rambla de Barcelona, a las orillas del vendaval humano. A partir de ese día, cada vez que tenía tiempo libre iba a la Rambla a visitarlo, y así, de tanta visita y conversación, nos fuimos haciendo amigos, a pesar de ser tan diferentes y tener muy poco en común.

Con el tiempo, fui conociendo a su familia también, su esposa Doris y su pequeña hija Carmencita. El tiempo fue pasando, y de largas conversaciones en la Rambla pasamos a invitaciones para comer con ellos. Siempre los domingos; siempre un potaje colombiano, como la bandeja paisa, el ajiaco, el sancocho, el ahogao, el calentao, el pegao, las arepas y una procesión larga de viandas tradicionales de Colombia. Yo llevaba mi apetito, una barra de pan y una botella de tempranillo. Cada almuerzo era una fiesta y una oportunidad para conocer más a mis nuevos amigos.

La historia de Doris y el Paisita la escribió la imaginación de Dios. Lo de ellos fue un romance digno de telenovela venezolana. Recién llegado a la ciudad de Medellín, y gracias a la recomendación de un tío, el Paisita consiguió trabajo como chofer en la casa de los Uribe Agudelo, una familia bien acomodada del barrio El Poblado. Las obligaciones del Paisita consistían en llevar y traer a don Julián a su oficina en el centro de la ciudad; llevar a doña Milagros a donde se le antojara ir; llevar y traer a las dos hijas menores al colegio, y a Doris, la hija mayor, a la universidad. El Paisita también tenía que llevar a las hijas a cualquier otra actividad que tuvieran, como las clases de ballet los martes, piano los miércoles, el grupo juvenil del Opus Dei los viernes o alguna fiesta el fin de semana. En ese trajín de ir y venir, a veces, la única pasajera en el Mercedes negro era la señorita Doris. Al principio todo fue formalidad y distancia entre ellos: «Buenos días, señorita Doris». «Buen día, Maturana». Poco a poco las cosas empezaron a cambiar, y de la nada nació la conversación alegre y la confianza de contarse cosas que no deberían contarse. En cada palabra, en cada conversación, en cada viaje las barreras sociales y los prejuicios de clase fueron desapareciendo. Sin darse cuenta, el chofer y la señorita se fueron enamorando. Y cuando no se podían ver, sufrían. Cuando no se hablaban, padecían. Porque el deseo de verse iba creciendo cada día, con palpitadas y suspiros que ya no se podían contener. Este amor prohibido y oculto los hizo sentirse culpables. Pero la culpa no podía apagar la pasión, las escapadas en secreto y las cartitas de amor.

Cuando doña Milagros encontró las cartas de amor, el escándalo estalló.

—¡Qué se habrá creído este cholo de mierda! —gritó doña Milagros, pidiendo perdón al santísimo porque ella nunca decía lisuras.

—¡A este hijo de puta, sinvergüenza y malagradecido lo meto en la cárcel! —exclamó don

Julián, haciéndose la señal de la cruz.

El Paisita perdió su empleo y terminó en la cárcel acusado de robar la inocencia de la señorita Uribe Agudelo y tener la desfachatez de creerse un igual con la hija del patrón. El juez de turno, un amigo íntimo de don Julián, no pudo encontrar en el chofer culpa alguna que la ley pudiera castigar. Solo encontró el pecado de enamorarse de la hija de patrón.

—Este es un pecado muy grave —sermoneó el juez al Paisita. Pero dejó bien claro que los pecados los castigan Dios y los curas, no los jueces.

El juez dejó al Paisita en libertad, pero le advirtió que si se quedaba en Medellín terminaría en la cárcel acusado de insubordinación social.

Antes de volver a su pueblo, el Paisita tuvo el coraje de ir a la universidad para despedirse de su amada. Apenas Doris vio al Paisita, su corazón le habló y ella supo lo que tenía que hacer. Ese día Doris tomó la decisión más dura e importante de su vida: escaparse con su chofer. Amarrados en un abrazo de almas gemelas, entre besos y lágrimas se juraron amor eterno e hicieron planes para irse del país. Sin que nadie se enterara, Doris sacó dinero de la caja fuerte del padre, tramitaron los pasaportes, compraron dos boletos de viaje y se vinieron a Barcelona. Hace dieciocho años que llegaron a este país. Hace dieciocho años que Doris no sabe nada de su familia. Hace dieciocho años que ella dejó de existir para los Uribe Agudelo. Al comienzo la pasaron muy duro, rebuscándose la vida, haciendo de todo hasta que ahorraron lo suficiente para poner sus puestos de bisutería. El Paisita se instaló con su mesita de bisutería en la salida de la estación Liceo, al lado del poste con la eme de Maturana. Doris se colocó en la plaza Real, bajo los arcos de piedra que la protegían de la lluvia, el viento o el sol. Su pequeño negocio empezó a prosperar y así empezaron a tener sueños también. Sueños de comprar un piso, tener su propia tienda de bisutería, de volver a Colombia... Y entre sueños y trabajo duro nació Carmencita. Por un tiempo Doris dejó de trabajar, pero ahora que Carmencita está grande, Doris trabaja las horas que la hija está en el colegio.

Un domingo, mientras almorzábamos un rico ajiaco, el Paisita me preguntó:

—Roto, tú que eres diseñador, ¿por qué no me diseñas alguna bisutería?

—Paisita, yo nunca he diseñado bisutería. No tengo ni la menor idea... —no me dejó terminar.

—Pero tú siempre me estás diciendo: «Paisita, si los colores de la bisutería fueran complementarios, si los diseños fueran más simples, si los elementos que usas estuvieran mejor balanceados la mercancía se vería más fina y sofisticada...».

—Bueno, esas son observaciones generales —argumenté—, observaciones de cualquier cliente con buen gusto…

—¡Ya ves! Tú sabes de formas y sabes de colores, de las cosas que son atractivas a los ojos de los clientes. Tú tienes el buen gusto. Rotito, quiero que mi bisutería sea diferente a la de los otros bisuteros. Quiero que sea más fina y sofisticada, más bonita… Así podría cobrar más. Ayúdame, pues, Roto, qué te cuesta.

Su mirada. Sus palabras. Su súplica. No podía decir no. Sin saber en lo que me embarcaba y en las consecuencias que esto me traería, acepté ayudarlo y trabajar en algunas ideas.

—Gracias, Rotito. Mira, ¿por qué no vienes conmigo a la tienda de mayorista donde compro mi bisutería? Así podrás familiarizarte con los diferentes materiales que se pueden usar.

—Es una buena idea.

—Muy bien —cantó el Paisita de contento—. ¿Qué te parece este sábado?

—Este sábado está bien.

La Novia de América es una tienda mayorista de bisutería, ubicada en la zona del Call, en el barrio Gótico, no muy lejos del puesto del Paisita. El dueño es un argentino de Rosario llamado Claudio Leguizamón, Palito, quien llegó a esta ciudad como llegan todos: con una mano delante y otra detrás. Su instinto de empresario astuto y reputación de negociador implacable lo convirtieron en pocos años en el mayor distribuidor de bisutería, no solo de Barcelona y Cataluña, sino del país. Sus clientes, más que admiración o respeto, le tenían miedo. «Si cruzas a Palito, olvídate. Estás hecho», me había dicho el Paisita en alguna ocasión. Este miedo estaba justificado. Palito era el único mayorista que vendía a crédito a todos los bisuteros ambulantes. Era el rey de la bisutería, y sus socios, que distribuían en todo el país, eran su corte sumisa. Aquellos tontos o audaces que quisieron pasarse de vivos y se atrevieron a desafiar su monopolio, lo pagaron caro.

Los africanos son testigos de la mano dura de Palito. Saliou Cissé, un senegalés inteligente y ambicioso, era uno de los mejores clientes de Palito. Cissé compraba bisutería en grandes cantidades y luego la revendía a su gente, un grupo bien organizado de bisuteros que vendían su mercancía por toda Cataluña. Saliou Cissé gozaba de crédito y descuentos especiales. El empresario africano prosperaba y su red de bisuteros crecía día a día. Lamentablemente, tanta promesa terminó en desdicha. Una noche, la policía allanó las oficinas de Cissé y encontraron grandes cantidades de «caballo». Todo un «establo», según la policía. Los vendedores del senegalés no solo ofrecían bisutería a los clientes, también droga. Cuando Palito se enteró puso el grito en cielo.

—¡Si quisiera hacer más plata vendería «caspa del Inca», no bisutería! Negro cabrón. Se jodió conmigo —gritó Palito temiendo por su reputación.

Si cruzas a Palito, estás hecho.

¿Quién pasó el dato a la policía? Dicen que fue un soplón envidioso. Otros dicen que fue una de sus mujeres por un asunto de celos. Otros creen que fue el mismo Palito, que temía que Saliou Cissé se convirtiera en una amenaza para su imperio bisutero. Solo rumores. Lo cierto es que justos pagaron por pecadores, y así Palito puso a todos los senegaleses en su lista negra. Y, para no discriminar, puso allí también a todos los africanos. Ahora los pobres senegaleses y los demás africanos van por la Rambla vendiendo carteras de estas marcas: Guchi, Pradda, Hernes, Luis Vuiton, Bottena, Channel *made in* China.

La gente dice que Palito es multimillonario, sin embargo, a pesar de su fortuna, él vive modestamente en un pequeño departamento en los altos de su tienda La Novia de América. A este comercio vienen bisuteros de todas partes, locales y lejanos, todos en busca de los mejores precios, ofertas, descuentos y generosos créditos. Según el Paisita, La Novia lo tiene todo, también la mejor atención del mundo. A primera vista, parece ser así. Apenas pusimos un pie en la tienda, una joven muy guapa nos dio la bienvenida.

—Hola, Paisita —dijo la muchacha dándole un beso

en cada mejilla—. ¿Necesita asistencia?

—No, gracias, Silvita, ya nos manejamos solos.

—Oye, chico, si necesitas algo, llámame.

—Muy bien.

Silvita no era la única chica guapa de La Novia de América. Toda la tienda estaba atendida por un grupo de chicas preciosas que se movían diligentemente ofreciendo asistencia o surtiendo los estantes con más mercancía. La supervisora de todas estas amazonas se llamaba Canela. El Paisita, como un guía experto, me llevó a través de las diferentes secciones de la tienda, explicándome con lujo de detalle los diferentes productos que se vendían.

—Estos son los ganchos para pendientes: el cerrado, la dormilona, y los que tienen base para pegar. Estos son de material antialérgico, pero cuestan más. Aquí encuentras los alambres. Los tienen en cobre y en una gran variedad de colores y calidades. El de material blando y fácil de tornear con los alicates es el que yo prefiero. También los hay en acero, plata de ley o alpaca, y bañados en oro. Como ves, vienen en distintos grosores, dependiendo de qué trabajo quieras hacer. Allá están las fornituras, y los cristales están en el otro lado. Hay de varias calidades: abalorio de cristal de Bohemia, Murano o Swarovski; perlas o cristal indio; flúor u ojos de turco o, si prefieres, de madera, resina, metacrilato, metal, arcilla polimérica o fimo; estas son cuentas naturales, cuentas africanas y semillas. En esta parte están los hilos y las cadenas. Todos en diferentes materiales, como algodón, aluminio de colores, ante, caucho, cola de ratón, cordón escalada, cuero indio, *mokuba,* rafia, silicona y terciopelo. En el otro lado está la bisutería terminada, para los flojos sin imaginación.

Cuando llegamos a la sección final de la tienda, Palito salió de su oficina y, al vernos, vino hacia donde estábamos. Palito era largo y flaco. Caminaba despacio, como si tuviera un par de zancos escondidos debajo de su pantalón acampanado. De sus amplios hombros colgaban dos brazos que parecían ajenos y se movían como aspas descoordinadas. Su piel era blanca como el talco; su pelo lacio, negro y caprichoso, domado con gel al estilo de los años setenta. Claudio Leguizamón era el retrato vivo de su paisano, el cantante argentino Palito Ortega, de ahí el apelativo de Palito.

—Che, Paisita, ¿cómo estás?

—Muy bien, Palito. Aquí, comprando más *stock* —cantó el Paisita con entusiasmo.

—Muy bien, che, muy bien… ¿Y quién es tu amigo?

—Te presento a mi amigo Orlando.

—Ah, vos sos el famoso Orlando —dijo Palito con su acento argentino, escudriñándome con sus ojos pequeños—. El Paisita me ha hablado mucho de ti.

«Famoso» y «me ha hablado mucho de ti», esos

comentarios me intrigaron y me preocuparon, pero fue igual, no dije nada y actué con normalidad.

—Che, después de comprar, ¿por qué no venís a mi oficina a tomar un mate?

—Muy bien, Palito. Gracias —canturreó el Paisita con más alegría.

—¡Canela, le das precio especial al Paista! —gritó Palito antes de desaparecer dentro de su oficina.

—¡¿Rotito, te imaginas?! Palito nos ha invitado a tomar el mate con él —tarareó el Paisita con frenesí.

—Un gran honor —dije con sarcasmo, pero el Paisita no entendía lo que era el sarcasmo.

—Palito nunca invita a nadie en su oficina. ¿Qué cosa podrá querer?

Yo también me preguntaba lo mismo.

A la hora de pagar, Canela coqueteó con el Paisita como si lo conociera de toda la vida. Esta guapa venezolana era alta, delgada y se movía con elegancia y finura. Sus ojos de jade parpadeaban coquetería a cada segundo. Sus cabellos azabache, largos, ondulados e indomables, le daban un aire de belleza exótica y salvaje. El color de su piel tersa hacía honor a su nombre, Canela.

—¿Oye, Paisita, y quién es tu amigo? —preguntó Canela abanicando sus ojos seductores como si fueran mariposas.

—Canelita, perdona mis modales. Te presento a mi amigo Orlando.

—Hola, Orlando. ¿Y tú eres bisutero también?

—No, no, mi amigo Orlando es diseñador —dijo el Paisita antes de que pudiera abrir la boca.

—Ah, qué va, chico, diseñador… Interesante —dijo Canela con zalamería, con ese acento tan suyo—. Oye, chico, tu cara me es familiar. ¿Te conozco de alguna parte?

Antes de que el Paisita hablara por mí, dije:

—No lo creo.

—Qué dices, chico, si juraría que te he visto antes.

—Lo dudo.

—¿Estás seguro, chico? —insistió Canela mirándome de frente a los ojos, atrevida.

—Seguro.

—Bueno… quizá fue en otra vida, chico.

—Quizá…

Ese «quizá» fue la invitación que Canela estaba esperando, lo que le dio pie para enrollarse conmigo en más conversación. Porque Canela tenía talento para la labia y hacer conversación de la nada. Esta mujer sabía cómo flirtear con cada palabra, suspiro y gesto. Su locuacidad y encanto me hacían sentir el centro de su atención, ya que me hablaba como si me conociera de toda la vida. La animada conversación no le sentó bien al Paisita, que se veía incómodo pero no decía nada, y dejó a Canela seguir con su palabreo seductor. Hasta que ya no aguantó más.

—Vamos, Roto, que Palito nos está esperando —interrumpió el Paisita bastante irritado.

—Oye, chico, qué lindo conocerte —dijo Canela con una sonrisa sexi, añadiendo—: llámame…

—No te preocupes, Canelita, el Roto ya te llamará —cantó el Paisita con tono serio antes de que yo pudiera decir algo.

Pagamos, nos despedimos y fuimos a ver a Palito. Antes de entrar a su oficina, el Paisita me canturreó una advertencia.

—Roto, escucha lo que te voy a decir. Canelita es una linda chica, pero también es un poco bandida. Es mejor que no te metas por ahí. La muchachita tiene mucha historia, además, es la novia de Palito.

Era verdad, Canela tenía mucha historia.

Canela nació en Venezuela, donde todas las niñas sueñan con ser Miss Venezuela. Los padres, simples trabajadores, hicieron todo lo posible para que el sueño de la hija se hiciera realidad. Con mucho esfuerzo, la matricularon en la academia de modelos Gisselle's, que prometía formar futuras reinas de belleza. Allí la prepararon bien, y cuando cumplió los dieciocho años ya estaba lista para presentarse a las audiciones de Miss Venezuela. Quien decidía qué muchacha era seleccionada era el Zar de la Belleza, un cubano-

100

venezolano que se viste como Liberace, pero manejaba ese negocio como el mismo comandante bolivariano. Cuando el Zar vio a Canela en bikini se quedó deslumbrado. La miró de pies a cabeza con la boca abierta y pensó en el *show business*. Pensó en las posibilidades de maximizar su inversión. Pensó en el comandante bolivariano y lo contento que se pondría de ver a una chica del pueblo de La Vega en el espectáculo final de Miss Venezuela. El Zar miró a Canela en silencio con esos ojitos inquisidores, embellecidos con cirugía plástica. La observó con su objetividad, tomó nota y entonces emitió juicio.

—Mi hija, Dios te hizo muy bonita, pero no bella. Así que necesitas una ayudita del «doctor belleza» —sentenció el Zar, apuntando a la nariz, los senos y los dientes. También ordenó bótox en la frente para que se levantasen las cejas—. Para que tengas un aire de inconquistable —añadió el Zar.

Canela se abrumó de emoción y pensó que tenía posibilidades de ganar el concurso y ser Miss Venezuela. Su único obstáculo era el dinero. ¿Dónde conseguir los miles de dólares para hacerse más bella? Como último recurso, la familia fue a ver a don Chicho, un prestamista inescrupuloso de La Vega que ofrecía préstamos predatorios, esos que se pagan de por vida o con la vida, con una bala en la cabeza o una puñalada en el corazón. Préstamos que siempre se pagan con altos intereses. Canela se hizo bella y llegó al *show* final. Pero cuando anunciaron a las cinco finalistas, millones de televidentes vieron cómo Canela se desmayaba de pura desilusión, de puro miedo e intranquilidad por las deudas que la familia tenía que pagar a don Chicho. Un agente de modelos que conoció en el espectáculo le consiguió trabajo para modelar, no la última moda de alta costura en las pasarelas de París, sino las fantasías de los patrocinadores en una fiesta privada. Canela pidió el dinero por adelantado. Pagó las deudas de la familia y se fugó de Venezuela. Así Canela dejó su patria con sueños rotos y deudas sin pagar.

La oficina de Palito era relativamente pequeña; no tenía ventanas, solo un gran ventilador en el techo, y todo estaba bien ordenado con meticuloso esmero. Las paredes estaban cubiertas con retratos en blanco y negro de Libertad Lamarque y pósteres de sus muchas películas, como *Los hijos que yo soñé, Rosas blancas para mi hermana negra, La loca de los milagros,* y *La sonrisa de mamá,* entre otras. Cuatro parlantes, colgados muy discretamente, filtraban bajito canciones de Libertad Lamarque. Libertad Lamarque estaba en todas partes. Obviamente, Palito era un gran admirador de la cantante argentina.

—Entrá, che —dijo Palito detrás de un escritorio inmenso de caoba oscura, sentado en una silla grande y ostentosa de cuero rojo, que parecía más trono que silla.

—Tomen asiento —dijo Palito en tono amigable.

—Gracias —dijimos los dos al mismo tiempo.

—Che, perdoná, pero no tengo mate —dijo Palito con esa mueca que hacía de sonrisa—. ¿Les apetece un café? —El Paisita y yo asentimos con la cabeza.

Palito abrió un cajón del escritorio y sacó una cajita de metal. La abrió, sacó varios billetes y se los dio al Paisita.

—Che, por favor, ¿por qué no vas al café de la esquina y nos comprás tres cafés con leche para llevar y algunos bizcochos?

El Paisita me miró, yo lo miré, tomó el dinero y simplemente dijo:

—Vuelvo enseguida.

Cuando nos quedamos solos, Palito fue al grano.

—Che, tengo entendido que sos un buen diseñador.

No necesité preguntar cómo lo sabía, Palito leyó la pregunta en mi rostro.

—Che, Orlando, Palito tiene ojos y oídos en todas partes. Tus profesores me han dado muy buenas referencias de vos —dijo con una sonrisa de satisfacción, añadiendo—: Mirá, che, tengo una proposición que hacerte.

Cuando oí la palabra «proposición» sentí que los pelos se me crispaban de puro miedo, pero, al mismo tiempo, también sentí curiosidad por saber qué quería.

—Che, Rotito, yo soy el coleccionista más

importante de todo tipo de *memorabilia* de Libertad Lamarque. Mi colección es vasta, e incluye fotografías, cartas, películas, pósteres, vestidos, zapatos, pelucas, joyas, muebles y misceláneos. Yo soy el «lamarqueano» más devoto y consagrado que pueda existir. También soy el presidente y fundador de la Asociación Cultural Libertad Lamarque, y mi gran sueño es poner toda esta colección al alcance del público.

—¿Cómo?

—En un museo. El Museo Libertad Lamarque, en Rosario.

—¿En Argentina?

—Así es, che. He comprado la escuela Juana Blanco, donde estudió la Reina, y quiero convertirla en un museo dedicado a su memoria. Su casa de la calle Ituzaingó, entre Presidente Roca y España, está siendo remodelada también. Esa será la sede internacional de la Asociación Cultural Libertad Lamarque. La remodelación del colegio está casi terminada y quiero que vos te encargués de diseñar el interior del museo. ¡Quiero que sea algo totalmente original y lamarqueano!

—Quieres que yo…

—¡Sí, vos, che!

—Mira, Palito, estoy muy agradecido, pero la verdad es que no tengo tiempo. Estoy en medio de mis estudios y demás…

—Te pagaré bien —interrumpió Palito—, más de lo

que te imaginás. Además, si trabajás para mí date por aprobado en tus estudios. Tu título está asegurado.

—No entiendo.

—Che, Rotito, yo me encargaré personalmente de que obtengás tu título sin ningún problema, incluso con honores.

Palito abrió el cajón de su escritorio y sacó la cajita de metal otra vez, la puso en el escritorio, enfrente de mí, sacó dos fajos de billetes nuevos de quinientos euros cada uno y me los dio.

—Esto es solo para que lo pensés —dijo Palito—. Espero tu respuesta en una semana.

Miré los fajos y traté de calcular cuánto dinero me estaba dando. Era mucho dinero. Los puso en mi mochila y sentí el peso de los billetes. También sentí el peso de la responsabilidad, el peso de aceptar esa oferta.

—Tengo una condición —añadió Palito—: no quiero que nadie se entere de este trato. Esto es un arreglo entre vos y yo. Tomá esta llave y dejala en un sitio seguro. Corresponde a una de las taquillas para guardar equipaje en el aeropuerto. A partir de ahora, solo nos comunicaremos dejando mensajes en la taquilla. La taquilla será nuestro único punto de contacto. ¿Entendés?

—Sí. —Recibí la pequeña llave, que tenía el número 92, y la puse en mi llavero.

—¿Alguna pregunta?

—No.

—Quiero asegurarte que si aceptas mi propuesta ganarás mucho dinero, y tu amigo el Paisita tendrá los mejores descuentos y un generoso crédito con nosotros —añadió Palito sonriendo con esa sonrisa que parecía una amenaza—. Como ves, che, todos ganamos algo.

En ese momento entró el Paisita a la oficina con tres cafés con leche y unos bizcochos de almendra.

Tres días después fui al aeropuerto de El Prat para dejarle una nota con mi decisión. Me dirigí al terminal uno, a la oficina de consignas, que estaba al lado de la oficina de objetos perdidos, en el segundo piso del edificio P2. Seguí los carteles y al final llegué a donde estaban las taquillas para guardar el equipaje. Busqué la taquilla número 92. Esta era una de las taquillas grandes que estaba en un lugar bastante discreto. La abrí y encontré una caja roja de zapatos Camper. Dentro de la caja encontré, entre otras cosas, dos fajos de dinero y una nota escrita a mano que decía:

Che, Rotito:

Sabía que aceptarías mi oferta. Bien hecho, todos saldremos ganando. Llevate todo el contenido de la caja, pero no te llevés la caja. Dejala en la taquilla. Quiero que mirés el DVD para que entendás lo que quiero hacer en el museo.

En dos semanas espero tu primer reporte.

Palito

Puse en mi mochila los fajos de dinero, los planos, fotografías, varias biografías de Libertad Lamarque, un cuaderno de notas donde Palito había escrito al detalle lo que quería en el museo y un DVD de la película *La sonrisa de mamá*. Tomé un taxi a la salida del aeropuerto y volví a la pensión.

Por tres días no salí de mi cuarto. Para no levantar sospechas, le dije a doña Mayte que no me sentía bien y que quería descansar por unos días. Me pasé gran parte del tiempo leyendo las biografías y el cuaderno de notas de Palito, revisando los planos, mirando las fotos del colegio en Rosario y haciendo bocetos con ideas. En una de esas noches, me levanté en la madrugada y, sin hacer mucho ruido, fui a la sala y puse el DVD de la película *La sonrisa de mamá*. La película me lo explicó todo.

Gracias a los teóricos alemanes, solo se necesita una palabra para describir el mérito estético de esta película: *kitsch*. Una sola palabra lo dice todo. Este bodrio melodramático y cursi es una producción barata de más de hora y media. Filmada en blanco y negro, allá por los años setenta, en la Argentina. La película cuenta la historia de una madre abnegada y un hijo despreocupado. Los protagonistas principales son Palito Ortega y Libertad Lamarque. El guion es una sopa de clichés sentimentales. La actuación es *amateur* y tan mala como las canciones trilladas y ridículas que se van cantando durante la película, siendo la canción central *La sonrisa de mamá,* un dueto entre Palito Ortega y Lamarque, quizá lo más rescatable. A pesar de la manipulación burda de las emociones, esta película tocó algo profundo dentro de mí que me movió a las lágrimas.

La sonrisa de mamá es la peor película que he visto en mi vida, pero su pobreza estética no menguó su mensaje: el valor del amor maternal. La cinta era una oda a ese amor, el amor incondicional de la madre. Mirando a Palito Ortega y libertad Lamarque cantar en dueto, entendí y sentí lo que Palito quería hacer con su museo. La visión de Palito era crear un museo en homenaje a ese amor maternal, encarnado en esta cantante y actriz de Rosario. Su museo sería una celebración a la madre virtuosa, a la mujer abnegada que da sin reservas, sin esperar nada a cambio y que está dispuesta a sacrificarlo todo por sus hijos. Sonándome la nariz y secándome las lágrimas, esa misma noche me sentí inspirado para seguir trabajando en el proyecto. Unos días después fui al aeropuerto para dejar mi primer reporte a Palito. Cuando abrí la taquilla 92, encontré en la caja roja varios documentos y una nota escrita a mano.

Che, Rotito:

Salgo para México en asunto de negocios. Los trabajos en el colegio de Rosario están terminados. Ahora quiero que vayás a la Argentina a ver el lugar por vos mismo. En el sobre manila encontrarás boletos

*de ida y vuelta, transbordos, reservaciones de hotel y
también dinero de bolsa de viaje.*

Buen viaje.

Palito

A la salida de El Prat tomé un taxi hacia la Rambla.
Le dije al taxista que me dejara a una cuadra de la
estación de Liceo. Desde allí caminé para ver al Paisita.
Cuando me vio se llenó de alegría y corrió a darme un
abrazo. Pero la alegría no duró mucho, porque
inmediatamente empezó a refunfuñar y a quejarse de que
ya no lo visitaba como antes. Me preguntó varias veces
en qué andaba. Le dije simplemente que estaba muy
ocupado con la maestría.

—La familia te ha echado mucho de menos, amigo
—cantó con sentimiento mientras me daba otro abrazo.

Me contó que la nueva bisutería Creaciones Paisita
se vendía como pan caliente, incluso había recibido un
buen número de encargos particulares para hacer
pendientes y collares. Me alegré mucho por él y por toda
la familia.

—Bueno, habrá que celebrar el éxito de Creaciones
Paisita —dije con gran entusiasmo—. ¿Qué tal si cierras
la oficina y nos vamos a comer? Yo invito.

—Pues muy bien, señor Rotito, así se habla.

Volví de la Argentina con muchas ideas y varios
cuadernos llenos de bocetos, apuntes, fotografías y

videos que tomé del colegio y la casa. Confiaba en que a Palito le gustaran los planes que tenía para el museo y la casa de Libertad Lamarque. En el taxi del aeropuerto a la pensión noté que las calles y las tiendas ya estaban decoradas con motivos navideños. El invierno ya estaba con nosotros. Sentí nostalgia. Extrañé a mi familia.

Al llegar a la pensión, doña Mayte me recibió algo alborotada.

—Orlandito, una chica muy bonita vino a buscarte. Estaba acompañada por un hombre muy bien vestido y dos negros —dijo doña Mayte muy preocupada—. No me gustaron para nada sus apariencias. Les dije que ya no vivías aquí. Me preguntaron si sabía dónde te habías mudado. Les dije que no sabía nada. ¿Quiénes eran esas personas, Orlandito?

—Doña Mayte, ¿la joven le dio su nombre?

—Sí. Dijo que se llamaba Canela.

—¿Canela? Aaahhh, doña Mayte, no hay nada de qué preocuparse, ellos son amigos del Paisita.

—¡Gracias a Dios, Orlandito! —dijo doña Mayte dando un gran suspiro de alivio—. Estaba tan alarmada que casi llamo a la policía.

Me fui a mi cuarto intranquilo. ¿Por qué vendría Canela a buscarme? ¿Quiénes eran esas personas que la acompañaban? No me sabía nada bien todo esto. Me dio mala espina. Tenía que hacer algo. Esa misma noche fui a ver al Paisita a su puesto en Liceo. No lo encontré. Eso era muy raro. Me preocupé más. Tomé un taxi hacia su piso en la calle de América, en el barrio de Singuerlín. Toqué el timbre varias veces, pero nadie respondió. Me senté en las gradas de la entrada y esperé por ellos. Como a la hora, una vecina llegó y me contó que el Paisita había tenido un accidente y estaba en el Hospital Clínico. Salí corriendo en busca de un taxi.

En la recepción del hospital me dijeron que el Paisita estaba en la habitación 45 de cuidados intensivos. Después de tanto buscar y preguntar por direcciones, llegué a la habitación. Cuando entré, Doris y Carmencita corrieron a abrazarme, sollozando como dos pobres magdalenas. El Paisita, echado en la cama, inmóvil, irreconocible, con la cabeza vendada y unos tubos que salían de su boca. Tenía la cara hinchada y un ojo había desaparecido por la inflamación. Un collar cervical le rodeaba el cuello. El brazo derecho estaba enyesado, al igual que la pierna derecha. Le cogí la mano y abrió los ojos. Su mirada de un solo ojo lo dijo todo.

—No te preocupes, todo estará bien —dije.

El Paisita parpadeó y apretó mi mano. Doris y Carmencita se abrazaron y lloraron más. Cuando se calmaron, Doris me contó lo que había pasado, cómo dos hombres atacaron a Palito, lo dejaron hecho pulpa y le robaron todo lo que tenía. También me contó lo que le había pasado a Palito. El ataque incendiario a La Novia de América. Según la policía, dos africanos provocaron el incendio. El fuego se extendió rápidamente por toda la tienda, y Palito, que estaba en su departamento del segundo piso, no pudo escapar. Según los testigos, no se escuchó ni un solo grito pidiendo auxilio, solo la voz lánguida de Libertad Lamarque cantando a todo volumen. El fuego se lo devoró todo. Se devoró a Palito y su bisutería; se devoró su *memorabilia* de Libertad Lamarque y sus sueños de un museo. Cuando llegaron los bomberos, ya no había nada que hacer. Doris terminó de contarme lo que había pasado, y sentí el impacto de sus palabras: Palito está muerto. Sentí el sudor frío y el palpitar apurado. Sentí el aliento seco y la náusea. Sentí el váguido y la cabeza que me daba vueltas. Me senté en una silla y cerré los ojos. Traté de componerme del *shock*. No podía. Sentí que la cabeza me iba a estallar con el eco de las palabras: ¡Palito está muerto, Palito está muerto, Palito está muerto! Carmencita me alcanzó un vaso de agua. Tomé un trago.

—Es una terrible tragedia —dije, y me quedé sentado en silencio por unos minutos.

Sentí la mirada de Doris y Carmencita preguntándose por qué la muerte de Palito le había chocado tanto al Roto. Impulsivamente, me levanté de la silla y busqué una excusa para no quedarme más tiempo. Antes de irme le di a Doris todo el dinero que tenía conmigo. Doris no quiso aceptar, pero insistí.

—Gracias, Rotito. Eres un gran amigo.

—Por favor, dime si necesitas más. Estamos para ayudarnos. —Doris apretó los labios y asintió con la cabeza.

Caminé de regreso a la pensión. Llovía y no tenía paraguas. Pero igual fue, caminé y caminé hasta que la lluvia ya no pudo mojarme más. Al llegar a la pensión fui de frente a mi cuarto y me tiré en la cama. Mojado. Exhausto. Estaba tan cansado que no podía dormir pensando en cuáles eran mis opciones. Qué hacer. Dónde ir. «Quizá debería buscar otro lugar donde vivir o volver a Chile», pensé. También pensé en Palito y su trágica muerte. En Canela, que me estaba buscando, y en el Paisita y su familia.

A la mañana siguiente fui al aeropuerto para dejar todo lo que pertenecía a Palito. Los planos con los diseños, *sketches,* cuadernos con anotaciones, fotos y el DVD de *La sonrisa de mamá.* Cuando abrí la taquilla 92 me topé con una gran sorpresa. Dentro había una valija de mano colocada encima de la caja roja de zapatos Camper. La maleta estaba cerrada con candado y tenía un rótulo con el nombre de Canela Portocarrero. Saqué la maleta, que pesaba bastante, y abrí la caja de zapatos aplastada por el peso de la maleta. Solo encontré cuatro llaves similares a las que Palito me dio. No tenían número para identificar a qué taquilla pertenecían. Puse las llaves en mi llavero. Arranqué el rótulo de la maleta y lo tiré en un buzón de basura. No dejé ninguno de los documentos. Cerré la taquilla y volví a la pensión con la maleta. Al llegar a la pensión, me fui de frente a mi cuarto sin que doña Mayte me viera. Puse la maleta en mi cama y la contemplé por varios minutos. Respiré profundo y, con una navaja, corté la maleta como si abriera el vientre de un pez grande y gordo. Al abrirse, de su interior no rebalsaron tripas, sino fajos de dinero. Me quedé atónito. La maleta estaba llena con fajos de billetes nuevos de quinientos euros. En cada fajo había como cien billetes, y en total había unos cuarenta fajos. Instintivamente, saqué la maleta que estaba debajo de mi cama con mi ropa, vacié su contenido en la cama y la llené con el dinero de la otra maleta, la cerré y la puse otra vez debajo de la cama.

Esa noche tampoco pude dormir pensando qué hacer con el dinero y si los billetes procedían de algún negocio turbio. A la mañana siguiente, en mi camino hacia el hospital tiré en un basurero la maleta cortada y todos los documentos que tenía del museo de Palito. Cuando llegué al hospital encontré al Paisita solo. Los doctores le habían retirado los tubos. Se veía mejor. Al verme, sonrió con sus dientes partidos y, tomándome la mano, me dijo:

—Gracias por ayudarnos.

—Para eso están los amigos.

—Gracias —dijo el Paisita una vez más y algo más animado, pero aún hablando con cierta dificultad. Me

114

miró a los ojos y, apretándome la mano con más fuerza, añadió:

—Roto, tengo que contarte un secreto. No se lo he contado a nadie, ni a Doris. Prométeme que no se lo contarás a nadie.

—No te preocupes, tu secreto morirá conmigo.

—La noche anterior a mi ataque, Canela vino a verme. Estaba hecha una loca, gritaba histéricamente y preguntaba por ti. Le dije que no sabía dónde estabas ni dónde vivías. No me quiso creer y siguió gritándome todo tipo de obscenidades. Cuando se calmó, me contó que Palito la quiso usar como mula para llevar drogas a México. Ella creía que estaba llevando una maleta llena con dinero, pero, al parecer, Palito se la había cambiado por otra maleta igualita sin que ella se diera cuenta. Antes de pasar por inmigraciones, Canela tuvo un mal presentimiento y fingió que tenía que ir al baño. Le dijo a Palito que él fuera por delante y que ella lo buscaría en la sala de partida. Palito no sospechó nada y pasó inmigración. Canela se fue al baño, se metió en un cubículo y revisó la maleta. Fue allí cuando se dio cuenta de que el candado no estaba cerrado. Cuando Canela abrió la maleta se dio con la sorpresa de su vida: estaba llena de paquetes bien apretados de polvo blanco. Canela pensó rápido, limpió la maleta de huellas, arrancó la etiqueta con su nombre y se fue dejando la valija en el baño. Esa fue la última vez que Canela vio a

Palito. ¿Te imaginas, Roto?

—¿Fue Canela la que ordenó incendiar la tienda de Palito?

—No lo sé... Quizá. Ella me dijo que estaba desesperada por dinero para pagar a su agente.

—¿Le vas a contar a la policía?

—¡Estás loco, Roto! Si le cuento a la policía me puedo meter en problemas con gente inescrupulosa.

—Tal vez tengas razón.

—Roto —dijo el Paisita haciendo una pausa y pasando saliva—, ¿por qué Canela te está buscando? ¿Tienes algo que ver en todo esto?

Miré al Paisita pensando qué decirle, qué contarle sin sentir que traicionaba nuestra amistad.

—Amigo, solo puedo decirte que Palito me pidió que hiciera un trabajo para él. Nada deshonesto, te lo juro. Solo me pidió que fuera un secreto entre los dos.

El Paisita me apretó la mano y cerró los ojos por unos segundos, sin decir nada. Esos segundos se hicieron eternos en el silencio. El Paisita pasó saliva con dificultad y, cuando abrió los ojos, dijo:

—¿Roto, que día es hoy?

—Hoy es el doce de diciembre.

—Ah, el doce de diciembre —dijo el Paisita con cierta nostalgia y tristeza—. Cada año en este día, Palito mandaba a sus chicas a regalar canastas navideñas a sus mejores clientes. Las canastas tenían de todo: conservas, frutas secas, chocolates, dulces, café, varias botellas de vino, una botella de Soberano y una de cava. La canasta venía con una tarjeta que invariablemente decía lo mismo: «Gracias por comprar en La Novia de América». Siempre escrita y firmada con su puño y letra—. ¿Sabes qué, Rotito? El Palito era raro, tenía sus cosas, y quizá algunos de sus negocios eran turbios, pero en el fondo era un sentimental, buena gente…

Mientras el Paisita seguía hablando, me di cuenta de que el día en que Palito regalaba las canastas navideñas era el del fallecimiento de Libertad Lamarque: el 12 de diciembre. Doña Libertad murió en el año 2000. ¿Coincidencia? Quizá no. La Reina tenía 92 años cuando murió. El mismo número que la taquilla que Palito escogió para estar en contacto. «Si Palito siempre escoge números que están asociados con algún momento significativo en la vida de su ídolo, de repente, las cuatro llaves que encontré en la taquilla 92 corresponden a taquillas con números que tienen que ver con alguna fecha importante en la vida de Libertad Lamarque. Quizá la fecha de su muerte», pensé por un momento, pero enseguida me di cuenta de que esto no era posible, ya que dos llaves tendrían el mismo número: 12. Y otra tendría el número 00. Y no hay taquilla con tal número. «Imposible», reflexioné. Pero de pronto, como un relámpago, otra fecha significativa me vino a la cabeza. La fecha cuando Libertad Lamarque nació: el 24 de noviembre del año 1908: 24, 11, 19, 08. Cuatro números. Cuatro taquillas. Cuatro llaves. ¿Será posible?

Me despedí del Paisita con el pretexto de que tenía que ir a clase. Salí del hospital y tomé un taxi hacia el aeropuerto. Las cuatro llaves estaban en mi llavero desde el día en que las encontré. Llegué al aeropuerto y fui directo al edificio donde estaban las taquillas. Felizmente, no había nadie. Saqué las llaves de mi bolsillo y busqué la taquilla número 08. Probé la primera llave. Nada. Probé la segunda llave y la taquilla se abrió. En su interior encontré dos pilas de cuatro cajas rojas de zapatos Camper. En total, ocho cajas. Tomé la que estaba encima de todas y la abrí. No lo podía creer. Estaba llena con varios fajos de billetes de quinientos euros. Tomé otra caja. La abrí. Lo mismo. Empecé a sudar frío y a temblar. Las piernas me flaqueaban y el corazón me palpitaba como si fuera a reventar. Saqué un billete del fajo y sentí la fibra de algodón, tersa y nueva. Olí la tinta fresca, tinta púrpura, que a veces se veía marrón. Noté que no aparecían personas famosas en el billete. En un lado había un edificio, y en el otro, un puente, ambos símbolos de la nueva arquitectura. «Hermosa coincidencia», pensé. Guardé el billete de 500 en mi billetera. Puse la caja otra vez en la taquilla y la cerré. Enseguida fui a abrir las otras taquillas. Abrí la número 11 y encontré lo mismo; la 19, igual, y la 24 también. Todas estaban repletas de cajas rojas que contenían fajos de quinientos euros. Tomé varios fajos, los puse en una bolsa de plástico y volví al hospital. Doris y Carmencita ya estaban allí. Cuando las enfermeras vinieron a atender al Paisita, las llevé a la cafetería del hospital. Doris se veía muy cansada y enflaquecida. Imaginé que solo la fuerza de su carácter y el amor por el Paisita y Carmencita la mantenían de pie. Imaginé la situación que estaban viviendo, la angustia económica y la incertidumbre de no saber cuándo el Paisita estaría en condiciones de trabajar otra vez. Al terminar nuestro café, le di a Doris la bolsa de plástico.

—Por favor, no lo abras aquí.

Doris tanteó la bolsa y sus ojos empezaron a humedecerse con lágrimas. Tomó mi mano y la besó.

—Gracias, Rotito.

Nos abrazamos y me fui.

Al día siguiente compré cuatro maletas. Cada dos o tres días iba al aeropuerto con una maleta vacía y la llenaba con el dinero de las cajas de una de las taquillas. Me tomó varios días llenar las cuatro maletas. Y así, entre mis visitas al aeropuerto, negocios que atender y visitas al hospital, los días se fueron pasando. Poco a poco, el Paisita se fue recuperando y Doris se veía más tranquila. Cuando terminé de mover todo el dinero y de atender todos los asuntos, fui al hospital para despedirme de mis amigos.

—Vengo a despedirme. Me vuelvo a Chile —fue lo primero que dije con temblor en la voz.

—¿Volverás? —me preguntaron todos al mismo tiempo.

—No lo sé —fue mi respuesta lacónica.

Carmencita corrió y me envolvió con un abrazo de esos que exudan amor puro de niño inocente. El Paisita se quedó mudo, pasando saliva como si estuviese tragando piedras. Él no quería llorar, pero al final la emoción lo traicionó. Doris me dio un fuerte abrazo y me dijo:

—Sin tu ayuda, no sé qué hubiéramos hecho.

El Paisita se compuso y, con gran esfuerzo, me preguntó:

—¿Cuándo sale tu avión?

—Salgo para Suiza mañana en tren. Estaré unos días en Ginebra y luego volaré a Santiago.

—Te vamos a extrañar mucho —dijo Carmencita, y los demás asintieron con la cabeza.

El Paisita me tomó la mano y la apretó muy fuerte, haciéndome sentir lo que no podía decir, porque las palabras lo habían traicionado. Al final, con mucho esfuerzo me canturreó: «Cuídate, amigo». Antes de irme les di un sobre y les dije que no lo abrieran hasta que fuera Navidad.

Al salir del hospital busqué un taxi; no había ninguno. Miré el cielo gris, opaco, y sentí el frío húmedo de Barcelona. Cerré todos los botones de mi abrigo y me puse a caminar sin rumbo, sin saber dónde ir. A cada paso me sonaba la nariz y, con disimulo, me iba secando las lágrimas y diciendo adiós a esta ciudad.

El Paisita salió del hospital para pasar la Navidad con la familia. El veinticinco de diciembre se sentaron en la pequeña salita para tomar chocolate caliente. No había regalos. Nadie decía nada, sabían que no tenían mucho, pero al mismo tiempo lo tenían todo. Se tenían unos a otros. Carmencita les recordó abrir el sobre manila que el Roto les dio. Estaba debajo del humilde arbolito de Navidad. Cuando el Paisita lo abrió, encontró una carta y dos llaves. Doris leyó la nota.

Queridos amigos:

Feliz Navidad. Este es mi regalo para ustedes. En el sobre hay dos llaves. La roja pertenece a su nuevo piso en la calle Llorer, cerca del metro Florida. Está totalmente amueblado, así que pueden mudarse hoy mismo si lo desean. La azul es la llave de un local comercial en la calle de Avinyó, muy cerquita de la Rambla. Su nueva tienda de bisutería. En la sala de su nuevo piso hay un arbolito de Navidad, debajo encontrarán otro sobre con todos los documentos legales que los hacen propietarios del departamento y del local comercial. También hay un cheque con suficiente dinero para empezar su negocio de bisutería y vivir sin preocupaciones por varios meses.

Ayer, cuando me despedí de ustedes, me fui a dar una última vuelta por la Rambla. La caminé de arriba abajo y, antes de irme, bebí el agua de la fuente de Canaletas. Si esa leyenda es cierta, algún día nos volveremos a ver.

Su amigo de siempre.

Orlando, el Rotito

BOCCA DI LUPO

Se acaba la noche en el restaurante Bocca di Lupo.

Con fina discreción, y sin perturbar a nadie, los camareros limpian las mesas vacías mientras en un rincón escondido la última pareja sobrevive la noche. Secan sus copas sin que nadie los apure. Se miran con amor, como si nada les importara. Los amantes no tienen prisa, se toman su tiempo y también el nuestro. Todos esperamos mirando el reloj de números romanos que cuelga de la pared.

Sentado en una esquina discreta, cerca del bar, me peleo con el sueño y maldigo a la última pareja y al patrono, que me advirtió esto el primer día que empecé a trabajar aquí: «Hasta que no se vaya el último cliente, no se paga. *¿Capisci?*». Lo recuerdo bien: el aliento, el acento, la sonrisa falsa y la voz suave que sonaba a amenaza: «Hasta que no se vaya el último cliente…».

Espero.

En el bar, los pétalos cansados se van despidiendo

de las rosas tristes que rebalsan el gran jarrón Meissen. Giuliana, la única camarera, seca vasos y copas como si estuviera ausente, perdida en su propio mundo.

En el bar la vida es más sabrosa. En el bar...

El patrono Toni abre y cierra la caja registradora de forma compulsiva. Cuenta los cheques, los billetes y las monedas, sorbe un poco de *whisky* y vuelve a contar otra vez, sin que la alegría de sus empleados lo perturbe en absoluto.

En el bar la vida es más sabrosa. En el bar...

Alrededor del bar, los otros camareros —los que no tienen nada que hacer— cantan, apuran tragos que nadie les cobra mientras aprovechan que Toni sigue en lo de él.

En el bar la vida es más sabrosa. En el bar... hay razones para celebrar.

El restaurante tuvo una buena noche.

—La propina estuvo muy buena —dice Martínez, uno de los camareros.

—Debería cobrarte comisión —gruñe el patrono, en un paréntesis a su conteo, resintiéndose de que sus explotados ganen más con la propina que con el miserable sueldo que les paga. Pero su mala leche no opaca la ocasión ni merma el regodeo de tener los bolsillos pesados con las propinas de la noche.

En el bar la vida es más sabrosa. En el bar...

Este dinero bien ganado se irá en algún vicio o en un MoneyGram para ayudar a la familia.

En el bar la vida es más sabrosa. En el bar...

Yo no quiero ser parte de este festejo improvisado. Estoy exhausto y no tengo ánimo para estas puerilidades, prefiero la tranquilidad de mi propia compañía, mirar al reloj o mirar a Giuliana, esperar mi paga y pelearme con el sueño. Pero el sueño me vence, y sin que pueda controlar mis ojos cansados, estos se abren y cierran en un intermitente parpadeo. Se cierran y me dejo enamorar por la música blanda y sentimental de Perry Como. Se abren y mi mirada se pasea entre las botellas del bar: Drambuie, Smirnoff, Bacardi, Glenfarclas, Cardhu, La Cour, Courvoisier, Baileys, Kahlúa, Disaronno, Campari, Tío Pepe, Tía María, Torres... Se cierran y escucho risitas y la trillada cancioncita: *En el bar la vida es más sabrosa. En el bar...* Se abren y me encuentro con Giuliana, le arrojo un beso imaginario. Se cierran y escucho a la última pareja pedir café y la cuenta. Se abren y me encuentro con la puerta azul.

Esta puerta separa dos mundos: en este lado está el cielo de los privilegiados; en el otro está el infierno, el fuego eterno, la *bocca di lupo*, Dante y la Santa Inquisición cocinando juntos. Este lado es el paraíso celestial de los comensales, decorado con el gusto por las buenas cosas, con estilo elegante y sofisticación. Los muebles de cuero *cerdo en flor* complementan los sillones imitación Luis XV, y las cortinas espesas, con diseños de William Morris, contrastan con las paredes cubiertas con papel de Damasco, desde donde cuelgan grandes espejos de marco colonial, ubicados estrategia-camente para que las damas finas puedan satisfacer su vanidad. Las lámparas de hierro antiguo proveen la media luz que crea el ambiente de calma y sobriedad. Los grandes jarrones Meissen rebalsan flores de colores discretos, guarneciendo aroma fresco y natural. Las mesas con manteles rojos llevan velas de cera de abeja, y una rosa discreta en un pequeño florero de Lladró es la pincelada romántica.

En las paredes del comedor también hay pinturas al óleo de naturaleza muerta, paisajes y retratos de personajes anónimos que surten la ilusión de que este no es un restaurante, sino un comedor de familia; que los clientes no son comensales, sino invitados de honor en una cena familiar. Esta es la gastronomía donde el patrono recibe a los clientes como si fueran amigos de toda la vida. Esa zalamería y detalle en un ambiente de discreta opulencia y mesura es la quimera de este restaurante, que no solo vende comida, sino también la *expérience culinaire* en un ambiente íntimo y confortable. La gente paga por este placer y el servicio de camareros diestros, que como *troupe* de bailarines se mueven con elegancia y atienden a los clientes con educación y lisonja, invisibles, aunque siempre oportunos para cuando se los necesite. La coreografía de este Cirque du Soleil gastronómico —donde todo se mueve con estética eficiencia y precisión militar—, se ejecuta bajo la mirada atenta del patrono.

Este lado de la puerta azul es el paraíso de Milton. Al otro lado de la puerta está el infierno, donde el diablo tuerto flagela a sus condenados a cocinar manjares para el disfrute del cielo. En ese lado todo es anarquía organizada, empujones, peleas, abuso, lisuras (*Figlio di puttana! Vaffanculo! Fuck!* ¡Concha tu…!).

Es la tensión, el calor, la locura, el pánico de la perfección, la rabia de no poder parar, el hacinamiento en un espacio estrecho, la explotación que da rabia. En ese infierno manda el diablo con un solo ojo, el viejo Tomasino. El chef de la cocina es tuerto, pero un solo ojo le basta para mirar, controlar y dominarlo todo. Tomasino —quien admira al *Duce*— tiene toda la pose y da las órdenes como un general fascista. Sus subordinados le tienen miedo más que respeto, y cuando se dirigen a él solo dicen: «¡Sí, chef! ¡No, chef!». El viejo Tomasino no da tregua ni para respirar, siempre apura a todo mundo a punta de gritos: «¡Servicioooooooo! *Asparagi avvolti! Involtini d'anatra! Tagliatelle Portofino!* ¡Lleva ya! *Vai via! Presto, presto!* ¡Va un *vittello al limone*! *Salmone scottato! Risotto ai funghi porcini! Spiedini di gamberoni!* ¡Lleva ya! *Vai via! Presto, presto!* ¡Val carajo…! ¡Rápido!».

Hoy día, la máquina lavaplatos no quiere trabajar, los humanos tomamos su lugar. Los humanos y las máquinas no tenemos la misma velocidad. La pila de platos sucios, copas, vasos y demás se desparrama por todos lados obstruyendo el poco espacio que hay en la cocina.

—¡¿Qué mierda es esto?! —grita el general fascista—. ¡Lava, lava, muevan estos platos, carajo! ¡Necesito esas ollas!

—¡Puta máquina, tuvo que malograrse hoy día! —chilla el Chucho, más cabreado que nunca.

—¿¡Quién inventó el puto trabajo!? —grita Antonio bautizado en sudor mientras con mucho disimulo pone más platos en mi lado del lavadero.

En ese momento pensé en Marx, en el proletariado, en mi título universitario, que vale tanto como el papel en que está impreso, en la vida de los inmigrantes que no se rinden y aguantan lo que les toque, que se resignan al trabajo que Dios les manda, a su suerte, su destino, y así, con los cuerpos molidos, siguen tirando *pa* adelante, rebuscándose la vida, haciendo trabajos que nadie quiere hacer.

En las cocinas de este país, los inmigrantes lavan platos, lavan baños y recogen mierda. Se rompen las manos y las espaldas haciendo lo que nunca pensaron que iban a hacer. Inhalamos una muerte lenta. Aquí, en un restaurante italiano, en un típico *market town* inglés, en Burford, a 62 millas de Londres, cuidad fantasma que vive para los fines de semana y las vacaciones, cuando los turistas y los ricos de la cuidad vienen a descansar en sus segundas residencias o en algún tradicional B&B, es aquí donde empieza el sueño del inmigrante sirviendo a los privilegiados.

—¡Aumento de sueldo, carajo! —grita el Chucho en protesta, pero su grito se ahoga con los otros gritos. Su gesto simbólico pasa desapercibido en el trajín de la cocina.

—El trabajo dignifica al hombre —mascullo despacito, sin convicción. Felizmente, nadie me escucha.

—¡Los pobres nacemos para sufrir *nomá*, estamos cagados, carajo! —gruñe Antonio con rabia y resignación, empujando más platos para mi lado.

—¡No hablar, no hablar! —exclama el viejo Tomasino—. A laborar calladitos, sin alboroto.

—Viejo marica —refunfuña Antonio entre dientes afilados que se pelean por encontrar espacio en su boca sucia.

Todos los que trabajan en el Bocca di Lupo vinieron aquí por una «agencia» que les cobró el veinticinco por ciento de comisión y les negoció el sueldo miserable que reciben. Su contrato incluye cuarto, comida y trabajo, y en el caso de los camareros, quedarse con la propina.

La comida la provee la cocina del restaurante. El hospedaje se encuentra en los altillos del local. Ese altillo del Bocca di Lupo tiene fama e historia. Dicen que es una pocilga sucia, infectada de ratas, moscas y cucarachas, fría en el invierno, un horno en el verano, impregnada de humedad todo el tiempo. Por algo la llaman la Calcuta. Pero las pésimas condiciones no menoscaban la camaradería, y así, en las noches tristes, después de una larga jornada, cuando la gente se siente *home sick*, los explotados de la tierra se juntan en algún dormitorio para jugar a las cartas, tomar el brandi y fumarse los puros que se robaron del bar. Chismean como viejas. Hablan del patrono, que, según las malas lenguas, tiene un asunto con Giuliana, y del viejo Tomasino, que depende a quién le preguntes dirá que el chef es un *homo* o un mujeriego empedernido que nunca se casó.

Españoles, italianos y colombianos se quejan de este trabajo eterno, que comienza a las nueve de la mañana y termina pasada la medianoche. Un poco más tarde, los viernes y fines de semana. Este es un trabajo de esclavos —trabajo al fin y al cabo—, que ayuda a pagar los vicios, los cigarros, las apuestas y a auxiliar a la familia donde quiera que esté.

Giuliana, la napolitana que atiende el bar, no vive en el altillo, ella alquila un cuarto en el pueblo. Yo, el ayudante lavaplatos con título universitario y diploma de animador gráfico, solo trabajo los fines de semana y vivo con mi tía y su nuevo esposo en las afueras del pueblo.

Hace rato que le llevaron la cuenta a la última pareja en una pequeña bandeja de plata con dos chocolates suizos de menta. Pero ellos ni se dieron por enterados, siguen con embeleso a lo suyo y no hay señales de que quieran pagar e irse. Mientras espero y me peleo con el sueño, trato de pensar en algo bonito. Pienso en ese momento divino, cuando la napolitana entra en la cocina y todo se detiene. El apuro se interrumpe, los abusos cesan, el griterío se silencia, todo se suspende en el tiempo, y Giuliana, como ángel de bondad, desciende a ese infierno que es la cocina, no para repartir indulgencias ni perdones, sino para repartir pintas de cerveza a cada condenado, gentileza del dios Toni. Lamentablemente, ese momento de pureza angelical no dura mucho; se malogra gracias a la idiotez de un condenado que grita sin mostrar la cara: «Buona di tette!». El exabrupto sexista y vulgar provoca risitas asolapadas, ojeadas lascivas, cuchicheos, silbidos, aplausos… chacota.

—¡*Lavora*, carajo! *Tutti al lavoro!* —vocifera el viejo Tomasino poniendo orden, y entonces todo vuelve a la normalidad.

Pero nada perturba al ángel en su misión, y así, mientras vuela repartiendo bondad, yo la sigo con la mirada, embelesado por su belleza y gracia. Cuando llega mi turno, ella está tan cerca que puedo sentir su presencia angelical, su perfume fresco y floral. Me doy el coraje y le toco la mano cuando recibo mi pinta de cerveza. Es breve, pero lo suficiente como para sentir su mano pequeña, suave y tibia. Sin quitarle la mirada, le digo:

—*Thank you, ciara* —muy bajito, para que nadie escuche.

—*You're welcome* —dice en voz baja también, con discreta coquetería y algo de complicidad, como aceptando mis avances.

Muchas historias se habían contado de la napolitana. Yo las sabía todas, pero no creía ninguna. Sorbiendo mi pinta de a poquitos vi al ángel servir su última cerveza y desaparecer entre el humo de la plancha y el vapor de las ollas, volando nuevamente al cielo.

—¡Muchos *thank you thank you,* y estás que le miras el culo a la italiana! —detalló y eructó Antonio, en inglés colombiano, con los labios blancos de espuma.

—Yo prefiero no mirar, así no sufro —lamentó el Chucho con tristeza y amargura.

—¿Sufrir? —repetí sin entender a qué se refería.

—Perruco, este berraco está como un perro aguantado —interrumpió Antonio, aullando burlonamente como un perro callejero mientras con malicia ponía más cubiertos en mi lado del lavadero.

—¡Este idiota habla piedras! —regañó el Chucho a Antonio.

—¡Es la purita verdad! ¡Chucho aguantado! —le respondió Antonio burlonamente.

—Te voy a contar un secreto, perruco —me dijo el

Chucho casi susurrando, como para que nadie se enterara—: hace un año y dos semanas que estoy aquí, en este país, y no sabes cómo me hace falta mi Carolina. Para pasar el tiempo, pensé que me ligaría una gringa de esas. Me dijeron que las gringas eran fáciles, que se morían por los latinos. ¡Puras mentiras, carajo!

—¡Las gringas son fáciles, Chuchito, pero hay que pagar, ¡ja, ja, ja! —interrumpió Antonio, dando risotadas y poniendo más tazones en mi lado del lavadero—, y como eres tacaño, no quieres ir al Soho como todos los demás ¡Ja, ja, ja!

—¡Estos brutos creen que uno es como un animal salvaje y que solo es sexo lo que uno extraña y necesita! Pero no es así, perruco, no es así. Tú no sabes cuánto extraño a mi Carolina y a mi hijita Cecilia, que solo la conozco por fotos. Estos cabrones creen que una meretriz cualquiera me va a dar lo que solo mi mujer me puede dar. Estos hijos de la guayaba creen que se puede comprar el afecto, el cariño, la ternura…

—¿El amor?

—Sí, el amor también. El amor no se puede comprar, perruco.

Todos necesitamos amor. La escasez de amor, la separación de los seres queridos, la soledad, la falta de intimidad son heridas que calan duro en el alma de los inmigrantes.

—¡Creo que te has vuelto marica, huevón!

—rebuznó Antonio con guasa y sarcasmo—. De tanta inactividad me parece que te has olvidado de cómo se hace el amor. ¡Ja, ja, ja!

—¡Cállate, bellaco!

—¡Mira, maricón, te voy a enseñar cómo se hace el amor!

—Ándate a la mierda, cabrón. ¿Qué cosa me puedes enseñar tú?

Antonio acepta el desafío. Deja la espuma sucia del lavadero y se va donde está la máquina lavaplatos que hoy no quiso funcionar.

—¡Mira y aprende! —grita Antonio.

Con las manos aún chorreando agua y espuma, Antonio agarra la máquina blanca y, sin decir palabra, fuerza su cuerpo contra el de su amante imaginario. Loco de lujuria, el colombiano zarandea la máquina lavaplatos como si fuera el objeto de su apetito carnal. Su intenso meneo sexual es violento y convulso; sus gemidos de excitación se confunden con el griterío estridente de los condenados, que celebran la pantomima de Antonio con carcajadas, jolgorio y gritos de «¡Chucho, marica, mira y aprende!».

—¡Así, así, así, así se come a una hembra! —exclama el colombiano casi sin aliento cuando termina de copular con la máquina lavaplatos.

La parodia grotesca de Antonio no fue una lección de cómo hacer el amor, sino una clase de cómo comerse a una hembra, cómo ser un caníbal sexual, cómo comportarse como un perro callejero haciendo el sexo con un poste de luz.

El Chucho cierra los ojos y aprieta sus labios con fuerza, comiéndose cada palabra que quiere salir de su boca. Yo quise decir algo en solidaridad con el Chucho, pero mis palabras murieron en mis labios. Mastiqué mi cólera y me la pasé de un solo golpe, como si fuera un trago amargo. En silencio hundí mis manos en la espuma grasosa en busca de más cubiertos, en busca de palabras que pudieran consolar al Chucho. No encontré ninguna.

Al final, mis palabras no fueron necesarias. El Chucho lo ignoró todo buscando consuelo en las remembranzas felices y tristes de Taraza, su pueblo querido, donde nació, creció y conoció a su Carolina. Este pueblo agricultor del Cauca colombiano, alguna vez famoso por la calidad de su café, ahora era conocido por la calidad de su cocaína y sus muertos flotando en el río. Los señores cafetaleros, que alguna vez fueron los dueños del pueblo, no pudieron competir con los barones del cartel. Y así, la Taraza sencilla, de vida simple y tranquila, se convirtió en un pueblo convulsionado de traficantes inescrupulosos, que con fardos de dólares ilegales compraron al alcalde, los políticos, el juez, la policía y el cura de la parroquia. Los pobres campesinos, sin tener otra opción, también se dejaron comprar. Pero no el Chucho, que confrontó a los narcos el día que uno de ellos le echó el ojo a su Carolina. La disputa se resolvió con un balazo certero. Un cuerpo más para el río.

La indolencia del Chucho levantó revuelo en el pueblo, y el disgusto de los narcos, que inmediatamente pusieron precio a su cabeza: mil dólares, vivo o muerto. Solo mil dólares, porque en ese pueblo la vida no vale mucho. El Chucho no se quiso ir, pero su Carolina lo convenció. Y así, entre gallos y medianoche, y sin despedirse de nadie, el Chucho huyó temiendo por su vida. Carolina se fue a vivir a Bogotá con una tía.

Hace un año y dos semanas que el Chucho vive en este país, y la pena se lo está comiendo vivo. Su consuelo es soñar que algún día estarán juntos otra vez, juntos como propia familia. Él, Carolina y su hijita Cecilia. El Chucho sueña, porque soñar es gratis, porque no quiere vivir la realidad de esta vida en la rutina de este trabajo de esclavos, en este infierno que a veces se hace eterno. El Chucho sueña porque no quiere creer los rumores que vienen de su pueblo, que Carolina está embarazada y nadie sabe de quién. El Chucho tiene sus sospechas, pero es igual, él no pregunta nada, él pretende que no sabe nada, y así, puntual, cada mes el Chucho sigue mandando dinero a su amada Carolina y su hijita Cecilia. El Chucho no quiere despertar.

Yo desperté cuando la última pareja llamó al mozo para pagar la cuenta. Pagaron con «plástico», incluida la propina. Pascual, el camarero que los atendió toda la noche, se resintió. Él sabía muy bien que jamás vería esa propina.

—*Goodbye, my friends, see you son* —los despidió el patrono acompañando a la pareja hasta la puerta.

Los camareros no se molestaron en hacer la guardia de honor que suelen hacer con los clientes generosos diciendo a coro «buonanotte». Por el contrario, desde el bar los oí decir: «*Figlio di puttana! Vaffanculo!* ¡Tacaño de mierda!», mientras sonreían, cantaban y apuraban más tragos gratis, aprovechando que el patrono representaba su teatro en la puerta.

El patrono volvió a su caja registradora, la abrió una vez más, sacó unos billetes y los puso en un pequeño sobre manila. Con la mirada, me llamó al bar.

—*Well done. Thank you very much* —dijo en su inglés-italiano, dándome la mano y poniendo con discreción el sobre manila en mi mano.

—*Thank you* —respondí al sentir el sobre.

—*See you next week.*

—*See you next week. Chao.*

—Adiós.

Al salir a la calle, el frío de la madrugada me dio la bienvenida. Las campanas de la iglesia marcaban la noche con dos campanadas. «Mi última noche», suspiré. Levanté el cuello de mi chaqueta, metí mis manos en los bolsillos y comencé a caminar cuando vi a Giuliana cruzar la calle. Apuré el paso en esa dirección.

EL ÚLTIMO DANZÓN DE CARLITO VILLALONGA

Se mira al espejo sonriendo oro y dice: «Todavía estoy jovenón. Mucha frente, poco pelo, pero ni una sola cana».

Ay, Carlito eterno, optimista, no quiere aceptar lo que ven sus ojos y prefiere creer que todo está en la mente, que, de alguna manera, siendo positivo puede evitar lo inevitable, el curso final de toda vida. Y así, Carlito se aferra a cada día con convicción y entusiasmo, siempre repitiendo su mantra: «Mientras haya vida hay que vivir». Carlito quiere vivir porque piensa que todavía hay mucha vida en él. Pero a pesar de sus esfuerzos, sus 78 abriles ya pesan y se llevan cada vez con más dificultad. Porque la vida no se detiene y el espejo no miente y la verdad duele. Porque las arrugas no mienten y los huesos que emiten chirridos duelen. Porque el paso de los años no miente y tanto recuerdo a veces también duele.

Carlito Villalonga mira el espejo, se pone erguido como un gallito, esconde la barriga, le guiña un ojo, sonríe oro. Un día más.

Carlito Villalonga se jubiló del American Postal Service cuando cumplió 65 años. La jubilación no lo cogió por sorpresa, ya lo tenía todo planeado con su Carmelita, el amor de toda su vida.

—Nos jubilamos y nos vamos a *Miyami* y ya está. A *disfrutal* del sol. Me cansé de tanta lluvia y frío. Me cansé de Nueva York —Carmelita lo decidió.

—*Pelo,* hijita, allá en el Miyami también hay tornado, huracán, tormenta y qué sé yo —argumentaba Carlito, que nunca se cansó de Nueva York.

—Igual es, nos vamos a Miyami a disfrutal del sol.

Carmelita se jubiló a los 60 luego de años trabajando como partera en el Hospital Queens de Nueva York. «Si contara a todas las guaguas que traje al mundo, tendría mi propio país», presumía Carmelita, que de ayudante de enfermera se hizo *midwife*, la partera más querida en el hospital.

Carlito se llevó a Carmelita de crucero para celebrar su jubilación. Royal Caribbean, cuatro noches, Miami-Bahamas, en oferta. Carmelita se enamoró del sol, que le recordó su Puerto Rico, y de la vida en Miami.

—A Miyami nos venimos cuando estemos viejitos —le dijo Carmelita a Carlito una noche de copas en la barra libre del bar del crucero, mirando las estrellas que nunca se ven en Nueva York. Respirando mar.

—Cómo no, mi amorcito. Nos venimos a Miyami —dijo Carlito. Hablaba el alcohol.

—Prométemelo.

—Te lo prometo, mi amorcito. —Sellaron la promesa con un beso de amor.

Cinco años después, Carlito se jubiló. Se retiró sin bombos ni platillos un viernes gris de otoño, colgó su uniforme en su viejo armario, dejó la llave en la cerradura, su carretilla en el depósito y dijo adiós.

«A Miyami a disfrutar el sol», pensó Carlito en su último día de trabajo, mientras caminaba hacia su casa para celebrar su jubilación. Era una fiesta sorpresa con amigos, colegas y su Carmelita. «Nos vamos a Miyami. Ya estamos viejitos». Recordó las palabras de Carmelita. Suspiró.

Se dieron dos meses para arreglarlo todo: la venta de la casa, la mudanza, los tiques de avión, la compra del bungaló en South Beach, los últimos adioses al barrio, a los amigos, a la familia, al padre Garzindo, que les bautizó al hijo Joelito y enterró a Amelita, la hijita que nació sin vida. Tanto que hacer y tanto que planear, pero Carmelita, siempre bien organizada, se encargó de todo con cuidado y detalle. Y así pasaron sus últimas semanas, empacando cajas, tirando cachivaches, encontrando tesoros sentimentales.

Carlito y Carmelita soñaban con el futuro, con una vida nueva, un nuevo comienzo, una nueva ciudad. Soñaban y hacían más planes, pero se olvidaron de que la vida misma también tiene sus propios planes y realiza sus propios arreglos. Primero fueron los dolores de cabeza, las migrañas, después las náuseas y los vómitos. Cuando el doctor Palacios vio a Carmelita sin la alegría y la marcha que eran tan suyas, le dio mala espina.

—Escaneo del cerebro —ordenó—. De inmediato —insistió. Para no preocuparlos dijo—: Exámenes de rutina.

A la semana, el doctor Palacios los llamó.

—Vengan al consultorio mañana a primera hora para explicarles los resultados.

El doctor puso las radiografías en la pantalla de luz. Las imágenes en blanco y negro eran manchas más que otra cosa, decían poco o nada a Carlito y Carmelita, pero mucho al doctor, que las estudiaba en silencio como si fueran un mapa. Se puso sus lentes, miró otra vez más de cerca y su semblante cambió.

—Tenemos que operarte —dijo Palacios.

Carlito y Carmelita se apretaron las manos y no dijeron palabra. Pálidos del choque, aceptaron su suerte y la recomendación del doctor Palacios. La operación fue a la semana. Le abrieron la cabeza como si fuera una naranja y le encontraron un tumor del tamaño de una manzana. No lo tocaron.

—Lo siento —dijo el doctor a Carlito—. Es inoperable.

Lo demás es muy triste para contar.

Carmelita se quedó en el hospital y Carlito no se separó de ella. Carlito despertó una madrugada cogiendo la mano fría de su Carmelita. Y así llego el final. Carmelita despertó en el otro mundo, con sol y naranjas, como en Miyami, pero sin su Carlito.

—Adiós, Carmelita. Adiós, Miyami. Adiós, bendita buena. Adiós, sol y calor —lamentó Carlito…, lloró Carlito.

Así fue. Así se fue. *Goodbye,* Carmelita.

Carlito no se fue a Miyami, se quedó en Nueva York. Vendió todo y se mudó al hotel El Dorado, cuarto 33, en el 1644 de la calle East 116, en el East Harlem. Su dueño, el cubano José «Chema» Salcedo, era amigo y cofundador de El Barrio Social Club, una asociación cultural donde los parroquianos se juntaban para no olvidarse de dónde venían, cantar canciones del recuerdo, jugar a las cartas, los dados, el dominó y las billas por dinero, pero, eso sí, solo sencillo, nunca billetes.

El Dorado es un hotelucho de mala muerte, refugio de amantes apurados, parejas clandestinas, parada de viajeros de paso y hogar de residentes perpetuos, que llegaron una noche —*check in*— y nunca se fueron —*check out*—.

Uno de los «regulares», como los llama Chema, es el cholo Quispe, un peruano en los 70. Su vida tiene varias historias, todo depende de quien escucha o a quien la cuente. Su cuarto está en el segundo piso, el número 23, pero se pasa casi todo el día en la recepción, sentado en el sofá de cuero gastado con el control remoto en la mano mirando la televisión. El cholo solo ve un canal, Univisión, el único que entiende.

En la cocina donde trabajó toda su vida de ilegal americano, hablaba el idioma de las manos, los gritos y las lisuras universales. El cholo Quispe trabajó duro y largo, y ahora, cansado de tanta vida dura, se duerme mirando la televisión. Sueña su sueño americano en español, y cuando se despierta de golpe da un salto, se seca la baba de la boca y, como loco, sus dedos torcidos, de uñas largas como teclado de piano, aprietan el control remoto con furia, cambiando a toda velocidad de un canal a otro hasta que llega nuevamente a su Univisión.

Otro residente es el loco Valdés, que se pasa los días leyendo el periódico, fumando su habano y echando humo como tetera vieja. Hay un letrero en la recepción que reza «Prohibido fumar», pero el loco dice que eso es solo para lo que están de paso, no para los regulares. Valdés, del 28, periódico en mano, no está interesado en las noticias del mundo, las locales, la política, el deporte o la página de crimen. No, su interés es el crucigrama y la carrera de caballos.

El loco Valdés dejó su Cartagena cuando era muchachito. Llegó en un mercante a Nueva York. Desembarcó para ver los rascacielos y nunca embarcó otra vez. Trabajó en la construcción, trepando los cielos, hasta que se retiró después de un accidente. El loco saca pecho cuando camina por Manhattan diciendo al que quiera oír: «Yo soldé las vigas de acero en ese edificio. Yo soldé...». Los rascacielos de Manhattan son su anónimo legado.

El letrado Maldonado se pasa los días escribiendo cartas. Nadie sabe a quién escribe ni lo que escribe, pero de reojo uno puede ver la letra, densa y muy bien formada, «letra de letrado», según Chema. Palabras y oraciones que se esparcen en hojas de papel crema. Cuando termina, las pone en un sobre de correo aéreo y las envía a Dios sabe quién.

El letrado nació en El Salvador y se vino para los Estados Unidos cuando cumplió veintiún años. Cruzó la frontera una noche de año nuevo, cuando los oficiales de emigración se olvidaron de sus deberes con tanta fiesta y alcohol. Nadie lo paró, nadie le dijo nada, entró calladito como si fuera su propia casa.

El letrado no quería vivir corrido, quería ser legal, tener sus papeles. Por eso se fue a Vietnam, porque a los gringos les daba igual si era legal o ilegal con tal de que matara guerrilleros comunistas. Para el ejército americano él era un soldado más.

Una tarde de calor y humedad, una bala del Viet Cong le rompió la carne al letrado. Pero igual fue, Maldonado siguió peleando y salvó a sus compañeros de la emboscada. Le condecoraron la herida con una medalla al valor, una pensión de veterano y sus papeles de ciudadano americano. La pensión era poca cosa, pero le ayudó a pagar sus estudios, y así se hizo profesor de escuela. Trabajó en las escuelas públicas de Nueva York, donde los maestros van armados o con chaleco a prueba de balas. Cuando su mujer lo dejó, se refugió en la bebida tratando de ahogar penas que sabían nadar. Chema lo rescató de su borrachera y lo trajo a El Dorado. El 20 se convirtió en su hogar. Desde ese día, no toca la bebida. Eso fue treinta años atrás.

Carlito Villalonga se levanta temprano, se ducha, se afeita, se mira al espejo una y otra vez y toma el desayuno en su cuarto. El aroma de café despierta al barrio. Escucha sus boleros preferidos a todo volumen, mira fotos y recuerda a su Carmelita, a quien le habla y le cuenta los chismes del día. Al medio día baja a la recepción.

Cada día tiene su rutina. De lunes a viernes, almuerzo en el Club de la Tercera Edad, en la parroquia de Santa Lucía, en la Calle 104. Allí también les empacan la cena para la noche. Los domingos, doña Juanita Tamayo les trae el almuerzo al hotel. Otras actividades incluyen esto: lunes, ajedrez; martes, dominó; miércoles, dados; jueves, póker; viernes, cine de matiné (precio especial para jubilados); sábado, billar en el Simón Bolívar, y de allí al Pollón de Huamanga, una pollería peruana, entre la avenida Tercera y la Calle 117, donde los pensionistas tienen veinte por ciento de descuento y aguadito gratis.

Los sábados, cada nueve semanas, Carlito se corta el pelo en la peluquería El Popurrí, en la Calle 103. El dueño, el negro Mendoza, un cubano viejo y flaco como un palo, siempre chupando su habano y oliendo a café cargado, trata a sus pocos clientes como si fueran familia.

—¿Lo de siempre, Carlito? —pregunta el negro Mendoza.

—Sí. Dos centímetros en los costados y en la nuca, y un toque en la calva, con mucha gomina, por favor

Hoy es día de peluquero. Carlito se despidió de los regulares y se fue a El Popurrí.

—Nos vemos más tarde en el Bolívar.

Pasito apurado y sin arrastrar los pies, Carlito caminaba como si fuera el *king* de Queens, cuando, de pronto, una mujer muy simpática lo paró en la calle.

—Disculpe, señor. ¿Le gustaría ser extra en una fiesta que estamos filmando y ganarse cien dólares? —preguntó la muchacha de pelos encrespados y lentes oscuros.

146

A Carlito le dio mala espina tal proposición, pero la idea de ir a una fiesta y que le pagaran sonaba más que interesante. Su curiosidad pudo más.

—¿Qué clase de fiesta es esa?

La mujer se rio. Ella entendió muy bien el recelo y las sospechas de Carlito.

—Estamos filmando un video de promoción.

—¿Para Hollywood? —preguntó Carlito algo más interesado.

—No exactamente, pero para la televisión.

—¿Qué canal?

—MTV y otros más.

—Nunca escuché de ese canal.

—Créame, es un canal muy importante.

Carlito se lo pensó muy bien. Se acordó de que de joven dejó su sueldo en muchas fiestas, pero nunca nadie le había pagado por ir a una fiesta. «¿Será verdad?», se preguntó Carlito pensando qué hacer. Miró a la muchacha otra vez, miró el coche, era nuevo. Miró al que conducía, se veía decente. Volvió a preguntar.

—¿Qué cosa quieres que haga?

—Necesitamos extras para la fiesta que estamos filmando.

—¿Habrá baile, entonces?

—Claro.

—¿Y comida?

—También.

—¿Trago?

—Sí, pero nadie puede emborracharse.

—Muy bien, vamos.

Carlito había pasado muchas veces por ese portón rojo en la Calle 105, pero nunca se imaginó que allí hubiera un estudio de filmación. Apenas entraron al estudio, la muchacha de pelos enroscados gritó a los técnicos y los extras:

—¡Empezamos a filmar en cinco minutos!

—¿Dónde está la banda? —gritó un gordito que parecía ser el director o alguien con autoridad.

—En sus camerinos —respondió una muchacha con un tablero en las manos.

—¡Llámenlos! —gritó el gordito otra vez.

La escenografía del estudio imitaba una casita rústica, con la decoración y los muebles al estilo de una cabaña de campo. Por las ventanas se podía ver el paisaje de campiña, lo cual daba la ilusión de realmente estar en el campo. También había instrumentos musicales: dos guitarras y un piano eléctrico, una batería, un saxofón, una trompeta y tres micrófonos. Mientras esperaban a la banda, la gringuita de lentes oscuros y pelo crespo les invitó a que se sirvieran lo que desearan del bufete presentado en la mesa,

—Recuerden, pueden tomar alcohol, pero no quiero que se pongan borrachitos —les advirtió.

Los extras y los técnicos conversaban y se servían comida del bufé. Comían y bebían como si estuvieran en una fiesta. Todos eran muy amigables. Mientras comía y sorbía su copa de vino, dos señoritas aparecieron. Los extras y los técnicos aplaudieron. Ellas vestían y llevaban peinados como las chicas de su juventud. La rubia vestía toda de rojo. La pelirroja, que era igual a su Carmelita cuando era joven, solo el color de pelo era diferente, llevaba un vestido naranja de flequitos y mucho escote. Las chicas saludaron a todos los extras y empezaron a probar los micrófonos. Un gringo y un moreno bien alterno cogieron el saxofón y la trompeta. Otro muchacho se puso detrás del piano eléctrico. Un flaquito con afro empezó a probar la batería junto con una chica y un chico que también probaban las guitarras eléctricas. En medio del ruido de instrumentos y la algarabía, entró al set un muchacho rubio que vestía un saco oscuro de solapas rojas y chaleco de colores. Fue recibido con más aplausos y más griterío.

—*Hi, everybody*. Buenos días —dijo en su español americano, sonriendo a todo mundo.

El gordito director tomó la palabra y explicó lo que quería. Dio indicaciones a los músicos, los cantantes y los extras.

—¡Acción! —gritó el director, y uno de los técnicos puso la música a todo volumen.

Las dos señoritas con el flaquito empezaron a mover los labios, haciendo mímica, como si en verdad estuvieran cantando, y todos los extras bailaban a su gusto. Hubo cientos de «Corten, otra vez, acción». Tomó horas el rodaje con varios interludios para descansar, comer o tomar algo. Más que fiesta, esto era trabajo. Pero Carlito estaba feliz, se pasó el día de fiesta, comiendo, tomando y bailando, como si fuera su último danzón, mirando a la pelirroja y pensando en su Carmelita, en sus días de salones de baile y fiesta. Más de una vez se preguntó si la volvería a ver.

Cuando volvió a El Dorado, tarde en la noche, todos los regulares y Chema lo recibieron con reprimendas.

—¿Dónde has estado? Nos tenías preocupados. Ya íbamos a llamar a la policía.

Carlito les contó lo ocurrido. Pero nadie le quiso creer. A Carlito no le importó; era feliz, se tiró un gran danzón y recordó a su Carmelita, no con tristeza como otras veces, sino con mucha alegría.

Carlito no era religioso, pero esa noche se confesó por si acaso. No con el padre Garzindo o el cura de la parroquia de Santa Lucía, sino con Dios mismo. Hizo la paz con todos y se encomendó al Sagrado Corazón. Carlito Villalonga se durmió y jamás despertó. Se despidió del mundo con una sonrisa, y las últimas palabras que brotaron de sus labios fueron «Gracias... *goodbye*... me voy».

El funeral fue simple. Joelito mandó un arreglo floral y disculpas. Por motivos de trabajo no podía viajar y estar en el funeral. Nadie lo extrañó.

El padre Garzindo, que los casó, bautizó a su único hijo y ofició el funeral de Amelita y Carmelita, llevó el servicio. El padre repasó su vida, contó historias y anécdotas. El loco Valdés leyó los evangelios. El cholo Quispe, un poema. Chema leyó un obituario que el letrado escribió. Cantaron, recordaron, celebraron la eucaristía y, al final, el padre bendijo su partida: «Descansa en paz con tu Carmelita».

La ausencia de Carlito se sintió mucho en El Dorado, pero nadie dijo nada. Al principio, Carlito estaba en boca de todos, en cada conversación, en cada anécdota, en cada historia, pero con el paso del tiempo Carlito se fue de la conversación y se mudó a la memoria. A los dos meses del funeral de Carlito, una tarde como otras, una mosca porfiada despertó al cholo Quispe de su siesta de rutina. El cholo abrió los ojos como si despertara de un sueño ingrato, tosiendo y garraspando, babeando y confundido. Como era su costumbre, el cholo apretó el control remoto con su mano sudosa, y con su dedo chueco empezó a cambiar de canales de forma compulsiva, con furia y frenesí. La pequeña pantalla de la televisión se abarrotó de imágenes y sonidos que se iban sucediendo a una velocidad esquizofrénica, en secuencia numérica, en un *collage* incoherente de caos visual. Las imágenes y los canales se sucedían cuando, de pronto, en un abrir y cerrar de ojos, una imagen familiar apareció como un flash en la pantalla. El cholo Quispe tuvo la extraña sensación de haber visto un rostro familiar en la televisión, alguien a quien reconoció. Pero todo fue tan rápido que no sabía en qué canal era. Algo intrigado, el cholo hizo una pausa y empezó a cambiar los canales lentamente, apretando el control remoto con cuidado y con atención, buscando lo que le pareció ver. Cambió varios canales y, de repente, se topó con lo que buscaba: allí, en el hacinado mundo de las estaciones de cable, había un canal que ni sabía que existiera. Se llamaba MTV, y allí estaba su amigo Carlito Villalonga bailando en una fiesta. No al ritmo de un bolero, mambo, cumbia o guaracha, que tanto le gustaba, sino al estruendo de gritos y bulla, de eso que llaman rocanrol. De un grito, el cholo Quispe despertó la siesta de todos y apuntó a la televisión.

—¡Miren, Carlito está en la tele!

—¿Dónde…?

—Allí. —Señaló el cholo con su dedo chueco.

Nadie lo podía creer, pero era verdad. Allí estaba, ante sus ojos que no mentían, en la televisión que no mentía, Carlito Villalonga bailando con algarabía, pasito apurado, manitas encogidas, moviéndose con jolgorio y velocidad. Allí, en la televisión, estaba nuestro Carlito,

152

calvita brillante, bigotito a lo Tintán, saquito celeste, camisa blanca, corbata crema con detalles oscuros, pantaloncito beige, al pitillo y bien planchadito, bailando al ritmo de esa música moderna.

Allí estaba Carlito, tal como lo contó y nadie le creyó.

ÍNDICE

RECONOCIMIENTOS

No soy merecedor de tanta gracia y buena fortuna, por eso siempre estaré eternamente agradecido a las muchas personas que han sido parte de mi historia y a las cuales me gustaría mencionar. Nombrar a todos es imposible porque la lista sería eterna. Sin embargo, estoy obligado a citar a algunos. Mi sincero reconocimiento a Glo Smith, Estela Logrossi y Francisco Aljama por su trabajo profesional en el proceso editorial. Mi más profunda gratitud a Manuela Mangas Enrique, mi correctora, por su *labour of love* con mi manuscrito.

Mi profundo aprecio a los muchos amigos que, en diferentes lugares y momentos, siempre me han alentado a seguir con esta vocación de escribir. Entre ellos, debo mencionar al Che Horacio Acosta; Fela Barrueto; el chino catalán Juan Manuel García-Faria, y un compañero en la diáspora, el reverendo Edilberto Márquez. Finalmente, mi gratitud a toda mi familia (cercana y lejana), y a mi querida esposa Marie, por su amor y paciencia para dejar que me pierda en mis mundos imaginarios.

EL AUTOR

Ernesto Lozada-Uzuriaga (Lima, 1961) es escritor y artista plástico (www.soultravellodge.com).

Durante su infancia y adolescencia, los medios que usó para expresar su creatividad fueron la pintura y el dibujo. En su juventud, mientras trabajaba como creativo en una agencia de publicidad, descubrió las posibilidades de la palabra escrita. Como consecuencia, exploró varias formas narrativas, incluso cómics y poesía.

El primer libro que publicó fue *Five Stones & a Burnt Stick. Wisdom stories about intimacy* (Strategic Book Publishing, 2010. Whispering Tree, 2013) El Church Times lo describe así: «Beautiful and profound poetic book...».

Es cofundador del Ark-T Centre de Oxford y miembro fundador del Creative Tent of Makers & Keepers. Estudió Teología y Antropología Social en Lima y se preparó para la ordenación en la Iglesia anglicana, en Wycliffe Hall (Oxford).

Actualmente reside en el sudeste de Inglaterra con su esposa Marie y su bulldog francés Paquito (Chucho). Divide su tiempo entre el quehacer creativo y el ministerio en su parroquia ecuménica, donde protestantes y católicos trabajan juntos.